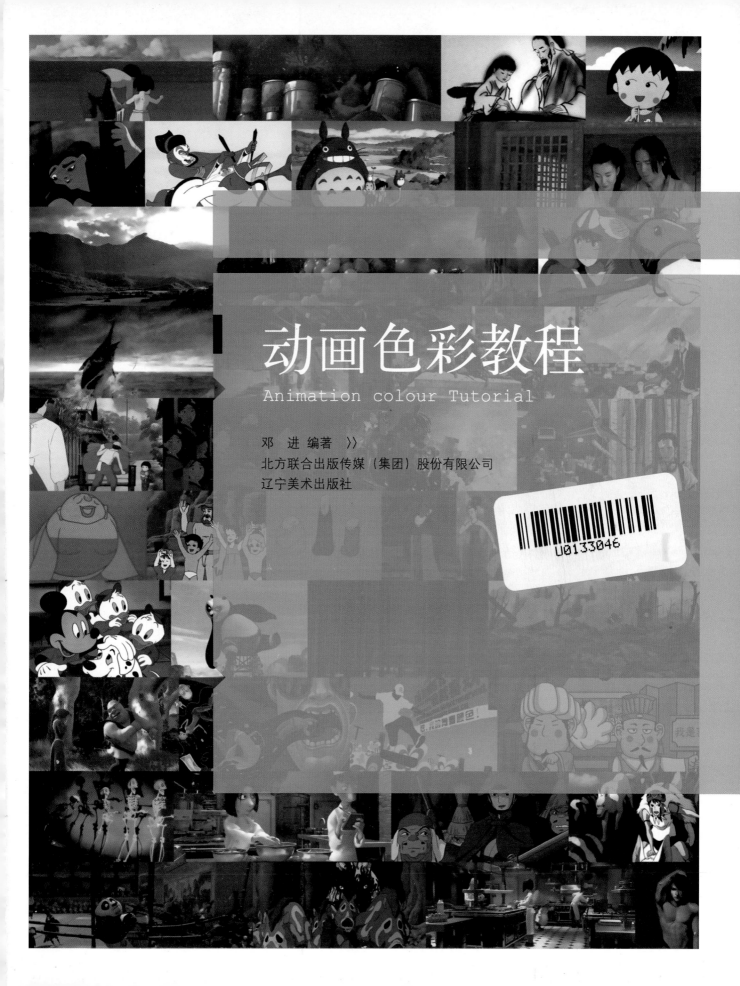

动画色彩教程

Animation colour Tutorial

邓　进 编著 〉〉

北方联合出版传媒(集团)股份有限公司

辽宁美术出版社

U0133046

图书在版编目（ＣＩＰ）数据

动画色彩教程 / 邓进编著. -- 沈阳 ： 辽宁美术出
版社，2011.11
ISBN 978-7-5314-5023-8

Ⅰ．①动… Ⅱ．①邓… Ⅲ．①动画－色彩－绘画技法
－教材 Ⅳ．①J218.7

中国版本图书馆CIP数据核字(2011)第229429号

出版发行	地址	沈阳市和平区民族北街29号　邮编：110001
北方联合出版传媒（集团）股份有限公司	邮箱	lnmscbs@163.com
辽宁美术出版社	网址	http://www.lnpgc.com.cn
	电话	024-83833008

封面设计　洪小冬　林　枫
版式设计　彭伟哲　薛冰焰　吴　烨　高　桐

经　　销　　　　　　印刷
全国新华书店　　　　辽宁彩色图文印刷有限公司

责任编辑　方　伟
英文翻译　邓　进
技术编辑　徐　杰　霍　磊
责任校对　张亚迪
版次　2011年11月第1版　2011年11月第1次印刷
开本　889mm×1194mm　1/16
印张　7.5
字数　205千字
书号　ISBN 978-7-5314-5023-8
定价　54.00元

图书如有印装质量问题请与出版部联系调换
出版部电话　024-23835227

前言 >>

　　跨入21世纪，面对新技术的飞速发展，艺术设计领域的教学创新已成必然之势。这就要求艺术设计及绘画创作人员跟上时代步伐，特别是近年来我国高速发展的动漫产业，更加要求专业培训与时代、科技、社会等诸多方面的联系更紧密，这也迫使艺术教育必须推出新的教学方案。

　　伴随着互联网技术和CG技术日新月异的发展，给每一位置身于动漫事业的人带来了无限的遐想。欧美国家与日本动漫产业的收益是可想而知的，就连近年来韩国发展的网络游戏行业都成了其国家的经济支柱。由于中国在动漫产业当中存在着巨大的空缺，有着欧美、日、韩的成功先例，中国整个动漫产业也处在涌动激情的创业热潮中。

　　进入21世纪，中国的动画事业如何发展？在当前美国的三维动画、日本的二维动画得到普遍认同的情况下，中国如何再现中国艺术的辉煌？这是一个被广为关注的话题。中国动画事业的现实与美国、日本相比，在有些研究方面还存在很大的差距。

　　人才是企业和产业发展的动力。市场对人才的需求，直接促进了中国动漫教育的蓬勃发展，无论是本科、高职还是中专以及各类的培训机构，每年的在校人数都直线上升。但动漫产业是一个新生事物，如何运用新的技术、好的创意和理念创造完美的作品，这给教育工作者带来了一个新的挑战。在教学的过程中，课程设置和好的教材成了各类专业院校的普遍需求。

　　本书针对艺术设计院校设计专业的色彩教学特点，综合水粉、水彩、油画、CG技术等专业的创作思维与学科知识，在有限的学习时间内帮助学生开拓思维，培养先进的设计观念，掌握多元化的艺术表现手法，达到增强学生的专业素养，提升学生的专业能力的目的。

　　从历史的发展过程来看，无论是漫画还是动画，都经历了一个内涵不断拓宽的过程，"动漫"一词同样处于动态的发展过程中，目前我们还难以准确界定它。同样，动画色彩也处于动态发展中，随着人们对新技术的开发与运用，动画色彩也在不断地变化与壮大，从二维到三维，在色彩运用上的变化就是一个很好的佐证。

动画色彩同以往的绘画基础课不同，传统的国画、油画、水粉画、水彩画、版画等基础课程相对单纯，动画是一个屏幕上的艺术，它具有连续的运动性，有时空、场景、人物、各种物体的变化，打破传统绘画的色彩观念。动画片需要通过角色的动作、画面色调的变化、场景空间的塑造、音响的渲染、情节的烘托、主题风格等形成一个特定的空间，取悦人和教育人。为了突出动画色彩的生命力以及丰富感情，创作者要借用色彩的变化去塑造物体和场景的空间，利用色调的变化去烘托剧情，与观众形成共鸣。

本书的宗旨就是要解决教学中诸多的困惑与无奈，揭开色彩奥秘，紧贴时代，根据科学的认知规律、学习要素，综合国内外的优秀作品，对动画色彩的规律及艺术表现手法以全新的角度进行全面、系统的阐述。本着理论与实践相结合的原则，以商业适用性为重点进行编写。目的在于提高动画专业学生的色彩审美意识，能灵活地运用色彩美的规律，最终完成色彩与主题风格的完美统一。

学校是一个教学试验的场所，各种尝试都可能引发积极的探讨。模式化的教育会带来同一的现象，这恰恰是艺术教育的弊端。在教育的过程中，充分调动学生的积极性和主观能力才是关键。在编写本书时，编者尝试了一些新的方法，意在期盼中国动画行业朝着光明的方向发展，能引发一种新艺术形式的思考。对于动画这个行业来说，由于制作材料各异，艺术表现手法非常灵活，因而本书重在运用实例分析和习作的方式完成学习内容，并没有像"师傅带徒弟"那样具体到每一步每一笔。这也是区别于其他教材的不同之处。

本书在编写过程中，得到了广西师范大学设计学院与美术学院全体教师的大力支持和相关专业学生的鼎力相助，在此表示诚挚的感谢！

另外，本书在编写过程中还查阅了大量网站，恕不一一列举，在此向有关人员表示诚挚的感谢！本书在编写的过程中，遇到很多的困难，因为目前在国内可以参考和借鉴的相关书籍比较少，由于时间仓促以及动画创作本身的复杂性，在编写教材的过程中存在着诸多的不足，书中难免有疏漏之处，恳请广大专家、同行、读者朋友批评指正。最后，对从事动画教育的老师和前辈们表示敬意，对关注动画行业发展的同仁表示感谢。

内容简介 >>

动画色彩是动画专业必修课，课程的知识体系和结构分为六章：第一章对动画色彩的认识以及应用领域做了相关的讲解；第二章对色彩的基本理论知识做了全面的阐述；第三章对动画色彩的前期训练做了相应的归纳；第四章对动画色彩中期的训练做了深入的分析解剖；第五章对动画色彩的加强训练做了较为全面的概括；第六章对部分优秀动画作品进行了分析。

该书不仅适合动画专业的课堂教学，对一些从事动漫行业的人员同样也适用。本书对于读者开阔视野，学习和了解动画片的精髓，分析优秀动画作品，增强专业素养有较大的帮助。

目录 contents

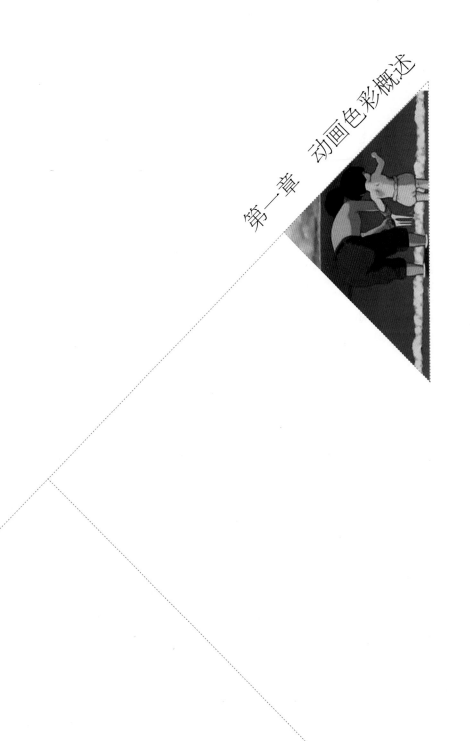

第一章　动画色彩概述

第一章　动画色彩概述

　　学习目标：动画是一门技术与艺术相结合的视觉艺术。对动画色彩的研究，是建立在对自然色彩的写实和设计的基础之上的。通过本章的学习，我们将了解到动画色彩构成的含义与目的、动画色彩的基本特征以及动画色彩的主要应用领域，为进一步了解动画色彩做准备。

　　教学要求：通过本章教学，学生能够了解动画色彩构成的含义与目的，以及动画色彩的主要应用领域，重点了解和学习动画色彩的特征。

第一节 ///// 动画色彩构成概述

一、色彩在动画中的应用

　　动画色彩在国内的动画行业以及动画理论界往往是不被重视的，在专业培养、理论研究及批评等领域，可以说一直是个空白，现在的从业人员，基本都是从其他行业或其他的美术培养方式中转行而来，他们在绘画、设计、影视、动画知识的了解上，存在着各种差异，这给动画片的质量提升带来了巨大的困难。

　　色彩是一种博大精深的文化。人们喜欢某一种颜色，除了个体的原因之外，还有色彩本身的文化、历史、民族与区域等原因，这是所有色彩的共性。动画色彩作为一种视听艺术的表现手段，其目的是创作者运用造型手段和绘制手段对影片的情节进行空间的设计、剧情的渲染、主题的强调，形成特定的风格，通过各种音效的介入，使得动画音色俱全，扣人心弦，赢得观众的共鸣。

　　动画片是电影的一种类型，它经历了从黑白二维动画到立体三维彩色动画的一个演化的历程。色彩作为一种介质，是电影中一个极其重要的视觉元素，一直以来为刻画角色的情感、营造不同场景不同环境下的氛围、塑造影片的真实感、丰富画面视觉元素、提高动画片的欣赏价值起着关键的作用。色彩在电影镜头中的表现与绘画色彩在某种程度上是相同的。作为动画色彩，它的专业特点更侧重用色彩来表达情绪、心理特征、气氛的渲染、主题风格等。如动画片《九色鹿》，故事取材于敦煌壁画的佛教九色鹿舍己救人的故事，影片以敦煌壁画的色彩为主，保留了中国古代佛教绘画的风格，画面以暖色调为主，色彩艳丽，温暖厚重，有着繁华落尽的唯美画面。它不同于我们传统的水墨动画，具有很强的异域风格。

　　色彩在动画中表现人物的心理特征时具有强烈的主观性，不受真实色彩的约束。设计者往往根据动画片的需要而改变物体原来的色彩，如《三个和尚》，小和尚在炎热的天气下行走，脸和身上的颜色因为天气热的原因由白变成了红色，而当他喝完水以后，身体就从红色变成了白色。颜色的运用有很高的自由度。这种红色与白色的转换，不仅体现了颜色本身的魅力，而且达到了渲染剧情的效果，强化了作品的主题。

　　由于文化的差异，色彩的运用也有着较大的区别。西方动画注重现实的光线与物体的明暗变化，在现实的基础之上进行夸张。如动画片《小鸡快跑》，影片是模拟仿真，其中的画面与场景和现实的光线与颜色没有太大的差异。而中国的动画由于受到人文熏陶，着重以色来抒发情感，这与我国传统水墨画、国画一样，是一种积极主观的处理方式，由于色彩运用可以根据剧情的需要，表象较为抽象，如图1-1A、B所示。

　　色彩不仅仅是刺激人类视觉的第一要素，作为影片的一种构成元素，在动画中的意义与作用也无法被取代。

图1-1 A《三个和尚》场景　　图1-1 B《小鸡快跑》场景

1.色彩识别性突出

色彩作为一种视觉元素，它在影片中具有明确的识别性。人们除了通过外貌、形状、大小等区分物体，色彩也是一种重要的识别符号。颜色比形状更准确清晰，比外貌更加具体鲜明。《再见萤火虫》，如图1-2所示，在诚田与节子看海的场景中，对于海水与天空、沙滩的区别，创作者给予不同的颜色，使得观众对画面中的物象一目了然，即使诚田与节子处在中远景的位置，我们仍然能够快速地找到他们，这正是因为色彩和其他构成元素牵引的效果。因此，色彩在动画片中具有强烈的识别性能。

2.色彩的刻画描写功能

图1-2 《再见萤火虫》宫崎骏

在影片中色彩刻画人物以及描述情节的功能是最基本的表现形式，它带有强烈的主观性，创作者可以根据作品的需要对其进行主观的处理。如中国的水墨动画《山水情》，创作者利用留白和淡彩的创作手法，突显中国的人文情怀，使得画面形式和作品的意境极为吻合。色彩在对人物性格的刻画上也起着重要的作用，使场景的情绪内容更加具体化、形象化。如前面提到的《三个和尚》中小和尚喝水前后的色彩变化，不但刻画了人物当时的情绪，还升华了主题。在电影中，运用色彩对人物、

情节的刻画具有明确的意图，如张艺谋的电影《大红灯笼高高挂》，运用红色的灯笼与深色的庭院作对比，突出了传统与时代的矛盾。正是因为电影的创作语言中多了色彩这一重要的构成要素，影片的主题风格才得以更加具体、生动。

3.色彩可以营造气氛

色彩营造气氛的功能，是我们最为熟悉的。在香港恐怖片中，每当恐怖事件要发生的时候，画面的色彩总会发生各种变化，加之音乐的渲染，恐怖气氛非常强烈，让人有身临其境之感。色彩的这一特点，被众多的动画片所采用。动画片《狮子王》在"荣耀石"这一舞台场景上所运用的气氛表达即为典范。在影片中荣耀石是权力的象征，在木法沙统治的繁荣年代，画面色彩丰富、明亮，通过不同角度的拍摄，色彩与光线非常真实，突出了荣耀石的重要地位。当刀疤统治后，同一场景，气氛却截然不同，色调灰暗。在底光的处理下，站在荣耀石上的刀疤，面部被暗色所笼罩，这时的气氛是冷漠的，画面中充满了压迫感，如图1-3A、B所示。可见色彩烘托剧情气氛的作用非常突出。

图1-3 A《狮子王》　　图1-3 B《狮子王》

4.色彩的象征性、意喻作用

色彩从古至今，一直带有一定的象征性。无论是场景色彩、段落色彩，还是主题色彩，均带有明确的表意功能。如图1-4A、B所示，动画片《僵尸新娘》，人间的灰色与地狱中的丰富的色彩形成鲜明的对比，意在运用这种灰色揭示人间的冷漠；而彩色突出了地狱鬼魂清洁的心灵。在影片当中，这种象征的手法也是极为常见的，不仅活跃了画面效果，改善受众视觉疲劳，还能升华作品的主题。

图1-4 A《僵尸新娘》　　　　图1-4 B《僵尸新娘》

二、动画色彩的特征

众所周知，动画色彩的日渐完善，是建立在计算机技术的发展，以及借用、融合传统绘画色彩的基础之上的。动画色彩和绘画色彩有着许多相同的地方，两者都是通过视觉传达，触动人的感观系统，都离不开色彩认知、色彩的心理效应、色彩的构成法则和色彩的情绪等。但动画色彩却有着自己独特的风格与魅力，随着现代计算机语言快速的发展以及绘画元素不断的介入，动画与绘画之间有着更多的不同之处。

动画色彩具有技术性、客观性与主观性、运动性与时间性、连续性与对比性、视听联想性等众多的特征，只有了解这些最基本的特征，才能更加主动地在动画创作的过程中全面创造与各个情节相关的色调，从而做好整个影片。

1.技术的应用

由于动画制作的手段多样、材料各异，这也决定了不同技术在各种类型动画片中的运用。水墨动画、剪纸片动画、木偶片、油画性质的动画以及当今Flash动画和三维动画等，它们的制作技术与色彩处理的方式都各不相同。

中国传统的水墨动画，如《山水情》，色彩分层渲染，画在动画纸上的每一张人物或者动物，到了着色部分都必须分层上色。同样一头水牛，必须分出四五种颜色，将大块面的浅灰、深灰或者只是牛角和眼睛边框线中的焦墨颜色，分别涂在几张透明的赛路路片上。每一张赛路路片都由动画摄影师分开重复拍摄，最后再重合在一起用摄影方法处理成水墨渲染的效果，这种制作过程相当复杂，

上个世纪80年代，剪纸新工艺——拉毛出现在水墨风格的剪纸片《鹬蚌相争》中，如图1-5所示。

拉毛工艺使《鹬蚌相争》中渔夫穿的蓑衣和鹬的羽毛直接产生水墨晕染效果，拍摄过程也比较简单，不会像拍水墨动画片那样反反复复烦琐无比。后来，连羽毛工艺画的特色也被剪纸动画片引用，把羽毛贴在剪纸鸟类的身上，装饰与写实兼备。

图1-5《鹬蚌相争》

图1-6《老人与海》

如图1-6所示，《老人与海》这部经典的动画片，是佩特洛夫使用油画这种独特方法制作的。在创作中，他用指尖蘸着油彩在玻璃板表面进行，使电影与绘画艺术一起创造新的视觉效果。影片采用70毫米电影胶片拍摄完成，不同于传统的35毫米的电影胶片，大尺寸电影的制作对于绘画者来说是极其残酷的，难度也随之增加。（通常35毫米胶片拍摄的动画片，绘制的画面是9～12英寸，而这次用70毫米的胶片，画面将是35毫米画面的5～7倍大。）

随着计算机技术的快速发展，如今的Flash动画和三维动画，利用电脑快速与便利的修改方式以及着色手段、后期合成校对的调整，大大地提高了动画制作师们的工作效率。

2.客观主观相融合

动画片融入了摄影技术与绘画艺术，使得动画的色彩具有客观性与主观性。动画片从无色动画走向有色动画，经历了一个漫长的历程。色彩作为一种视觉元素进入动画片之初，就决定了画面色彩既具有一种真实存在的客观现象，又具有一种超出现实物质的主观现象。影片的画面色彩根据不同的情节与语境的变化随之发生改变，这种色调可能是客观事物的直接反映，也可能是现实事物的间接反映。如图1-7A、B所示，动画片《幽灵公主》，影片大胆地采用了个人的主观色彩，而不是客观事物的直接反映。影片在人类居住的场景片段里，运用了大量的冷灰色调，画面阴暗沉闷；而在森林当中又充满了亮丽色彩，使画面温馨可爱，这也更加突出了故事的寓意——人与自然的和谐相处。

图1-7 A 《幽灵公主》　　　图1-7 B 《幽灵公主》

人们对色彩的感觉既是一种美感形式，又是一种主观意念。在动画影片创作中要遵循这个思路，对客观色彩进行主观性的概括与强化。用色彩的视觉来表达情感、渲染意境；用色彩的语言来表达内涵和形式的美感；用色彩的象征张扬个性，引起观众的共鸣。色彩在画面中最终表现出来的是色彩运用的主观性，是元素的运用，也是手段的运用，更是风格的运用。而色彩视觉效果的审美价值，正是由于融入了创作者的主观感受、情感、意念，才使得画面色彩关系更为微妙，更有个人品位，更有视觉冲击力。

3.时间与运动的统一

动画片作为电影的一种类型，继承了电影的一个重要特性，就是时间性与运动性。动画片是时间和空间共存共容的时空艺术，时间与时空相互依存。时间因素是永远不会从动画中消失的，动画艺术创作积累了形式多样的时间处理手段，通过电影蒙太奇来表现时间的压缩、延伸、颠倒、停滞等。色彩随着时间和空间的变化而变化，是由许多瞬间即逝的短暂感观印象构成的整体。作为色彩的时间性，某一色彩在影片中设计的时间过长或过短，都会影响色彩的表现力，从而触发观众产生不同的视觉感受。

动画是动的艺术，表现运动才是动画存在的根本意义，动画中的运动主要表现在两个方面：一是空间中的角色和物体的运动，以及由于物体不同的速度的移动引起的位移和变形，二是运用镜头摄影的推、拉、摇、移、跟、升、降等摄取生活，从而产生多变的景别、角度、构图而形成的运动。运动着的空间和空间中的运动，是一种状态，是角色与景物、光线、色彩在空间的流动状态。

动画色彩的运动性，也导致了色彩不容易被控制等问题。在不同的空间中，产生不同的色调，容易破坏色彩的统一性与协调性，不过名家作品却把握得很好。如图1-8所示，动画片《老人与海》，影片开始的镜头，出现远景的海面、蓝色的天空和远处的船只，此时的画面大体为青蓝的冷色调，但随着镜头的运动，当画面成为中近景时，树林和山占据着画面的大部分位置，此时画面相对较暖，而当镜头再次移动，当山峰的影子变成大象到黄色的麋鹿，色彩在同一镜头由冷变暖，通过镜头画面的多样刺激观众的眼球，而避免无变化带来的呆滞产生视觉疲劳。同样，镜头画面过度追求变化，也会使观众产生视觉疲劳。所以，在动画创作的过程中，一定要把握好色彩的时间性与运动性。

4.连续对比

动画除了具有绘画的所有要素外，始终随着时间的流动而处在运动状态，因此，就动画的色彩语言而言，它是运动着的色彩，有别于静态的绘画。静态绘画的色彩对比手段是同时对比，也就是在同一时间、同一区域范围的对比，它是静态的、直接的和有效的对比，是色彩对比最重要的方式。而动画的色彩对比方式是既有同时对比又有连续对比。所谓连续对比，就是色彩在不同时间下的连续性对比，这种对比方式也是动画艺术情境渲染的一种有效方法。

图1-8 《老人与海》

如图1-9所示，动画片《料理鼠王》，雷米在小屋时，色彩偏暖；而雷米在巴黎的下水道时，整个画面长时间地停留在青灰色调上，色彩偏冷；雷米在五星餐馆的厨房，画面色彩亮丽，呈现暖色；被关在笼子里时，画面的色彩灰暗。在影片中，创作者大量采用色彩的对比，使画面出现了强烈的色彩反差，将两个色彩系统来回对比切换，便形成了色彩上的连续对比，加强了影片的色彩寓意和气氛渲染。可见，色彩对动画作品的语境表达有着重要的渲染功能。它可以通过前后画面切换对比，也可以在单帧画面中进行对比，达到色彩在风格、情绪和寓意中的语境效果。

5.视听联想

从视听的角度，影视是视听艺术的统一体，影片通过画面和声音直接诉诸观众的视听感官，给人以艺术享受。动画片作为电影的一种类型，视觉和听觉的因素在作品中不是孤立存在的，它们之间存在着同步与对位的关系，是一种统一体。画面的视觉节奏必须与听觉节奏紧密配合起来，才能最大限度地增强影片的主观意图、艺术感染力。动画片能牢牢抓住观众的不只是精彩的情节和吸引人的悬念，多变的镜头、变化的场景色彩和声音与画面的同步性同样引人注目。

图1-9 《料理鼠王》

动画片通过视听的联结使人感受色彩节奏与色彩旋律，而不是单纯地靠想象。例如动画片《狮子王》中的片段：辛巴遵照父亲的教导回到狮子王国去，他独自悄悄出发。娜娜发现后，带领丁满和蓬蓬追赶而去。当辛巴来到国王岸时已是黄昏，环视四周，土地荒凉干裂，黑暗的天空中传来隆隆的雷声，暴风雨就要来了。此刻刀疤正在大发雷霆，因为动物们纷纷离开这片土地，母狮们捕不到猎物，连沙拉碧也因此被刀疤殴打。辛巴冲了上来，他明白了父亲被杀死的真相，愤怒和勇气支持他最终打败了叔叔刀疤。这时，大雨倾盆而下，好像在滋润干涸已久的土地。辛巴在母亲和朋友们的欢呼与祝福声中，正式宣布执掌政权。狮子王国又重新恢复了平和与宁静。对比之前的场景，此时的色彩表情已不再是它单一固有的属性，而是获得了新的含义和特征，加之与音响的关联，使得影片更加扣人心弦，耐人寻味。当然，《狮子王》的成功并非偶然，优美的音乐、动人的故事情节、流畅的画面、细腻的色彩、深刻的主题，这一切都在狂热地席卷着全球票房。尤其值得一提的是，迪斯尼公司专门请来了世界顶级音乐制作人艾尔顿·约翰和著名的配乐大师汉斯·季默为《狮子王》量身配乐，将广阔的非洲音域同《狮子王》的画面、故事情节完美地结合在一起，创造出不朽的动画奇迹。

动画的色彩联想与视听语言，是我们在创作动画过程中不可忽视的重要环节，也是长期以来并不被人重视和了解的一面。

三、动画色彩的语境渲染

1. 色彩体系的风格指定

每个时代，每个国度都有自己独特的艺术，因而，艺术是有风格的。风格是不同时代、不同国度的精神特征，通过特定的形式反映了时代的、民族的精神内涵。色彩具有时间性和地域性等特点，在不同的时间和地域呈现不同的色彩面貌，也反映了不同时代、不同地域的精神面貌。

我们知道敦煌壁画和埃及墓穴壁画的色彩是两个完全不同的色彩体系，由于民族的差异，它们所表现出的风格和特征也不同。可见，在色彩的再现中，时代和地域的精神特质能够得以重生。动画中的色彩体系设定同样具有这样的功能。例如在动画片《千与千寻》中，作为影片环境空间的"浴镇"场景的色彩设定，便始终把握住了日本明治时代的怀旧风格，色彩运用了大量日本民族特有的朱红、草绿、蓝绿和黑色作对比（这种色彩体系在日本的神社和浮世绘里面得到很广泛的运用），体现了民族和时代特征。同样，《山水情》的场景色彩设定，采用了中国复古的人文风味，色彩用了中国的水墨淡彩以及大量的留白，这种色彩体系在中国画中是应用得非常广泛的，如图1-10所示。

图1-10　左图《千与千寻》右图《山水情》

无论动画片的色彩体系与风格如何，大体均是根据动画片的故事情节，以及动画片的整体要求来设定的。

2. 色彩体系的情境渲染

色彩具有心理联想的特征，可以唤起人们的精神共鸣。动画中所需要的美好、快乐、忧伤、希望、恐惧等情绪，都可以通过色彩的渲染来表达。特别是音乐和色彩内在的共性，是动画片超越于绘画作品的艺术感染力的重要特征。

动画片《钟楼怪人》大量采用冷暖色的对比，配合音乐和动画台词，将卡西莫多的伤感、对爱情的向往和浮罗格进行对比，始终围绕着蓝紫色的"天堂之光"——卡西莫多对爱斯美拉达的纯洁美好的爱情和刺眼的红紫色的"地狱之火"——浮罗格对爱斯美拉达的虚伪压抑的性欲之火展开色彩的气氛渲染，通过具有美好爱情的心理联想的蓝紫色和恐怖、压抑的红紫色之间的反差与连续对比，渲染了整个动画片的情境需求。而动画片《樱桃小丸子》的色彩设定则始终保持单纯、明亮和稚嫩的色彩，使整个动画片始终洋溢着轻松、可爱的情境氛围，如图1-11所示。可以说，色彩是动画通往精神家园的最直接的要素和手段。

3.色彩体系的象征和文学寓意

色彩除了在情绪的催化中能够表现出强有力的作用外，还具有象征和寓意功能，这是在心理联想基础上的升华以及在人类社会文化中一种被固定下来的普遍认知。我们对动画作品中角色的文学寓意，基本上都有一个共同的认知。比如国产动画片《葫芦兄弟》对蛇精的色彩处理就使用了很多绿色和低纯度的色系，把她描绘成反面角色，这在东西方的认知判断中是共通的。在动画片《僵尸新娘》中有一段坟窟中鬼跳舞的情节，将骷髅的色彩设定在高彩度和高明度，色彩明快鲜艳，寓意出鬼的快乐，好像天堂一样。而回到了人间，却是阴暗的低纯度和冷色系，寓意出人间却像鬼的世界，蕴涵着深层的文学寓意。

总之，在集剧本、色彩、造型、音乐、情节、画面结构及电影语言于一身的动画艺术形式中，色彩提供了表现上的广阔空间，影响着一部动画作品的艺术风格、趣味、情境的定位和艺术感染力，是动画创作中的关键性环节。

图1-11 左图《钟楼怪人》右图《樱桃小丸子》

第二节 ////// 动画色彩的主要应用领域

随着动画行业日益快速的发展，动画行业的分支也越来越详细，动画色彩在目前的市场体系中，主要运用于CG插画、二维动画、三维动画、网络游戏、交互动画、影视动画等领域中。

一、CG插画中色彩的应用

CG是Computer Graphics的英文缩写。其核心意思为数码图形，通常指的是数码化的作品，既包括了技术也包括了艺术，几乎囊括了当今电脑时代所有的视觉艺术创作活动，如平面印刷品的设计、网页设计、三维动画、影视特效、多媒体技术，以计算机辅助设计为主的建筑设计及工业造型设计等。国际上习惯将利用计算机技术进行视觉设计和生产的领域通称为CG。

CG插画作为一种新的插画形式，是利用电脑制作出来的具有某种目的和功能的图形图像。从产生到发展短短数年便风靡世界，渗透到媒体、商业和人们生活的方方面面，大有取代传统插画之势。现在CG的概念正随着应用领域的拓展在不断扩大，主要集中在影视制作、电脑游戏制作、建筑效果图制作、广告设计以及个人艺术创作五个方面。

CG插画可以分为儿童插画、时尚插画、概念插画、奇幻插画、唯美插画等。色彩在CG插画中的应用，是根据市场的需求，以及风格设定，乃至故事情节和时空的变化，将色彩的体系与风格作出相对应的变化。

二、二维动画中色彩的应用

二维画面是平面上的画面，二维动画是对手工传统动画的一个改进。通过输入和编辑关键帧，计算和生成中间帧，定义和显示运动路径，交互式给画面上色，产生一些特技效果，实现画面与声音的同步，控制运动系列的记录等。

二维动画在动画发展史上占据着相当大的空间，直到20世纪90年代三维动画的崛起，传统的二维动画才遭遇困境。但无论二维动画现状如何，从迪斯尼《米老鼠》的辉煌时代到宫崎骏的黄金王朝，二维动画从来不缺少忠诚的拥护者。值得我们思考的是任何艺术形式的动画都应该顺应历史潮流而发展，传统手绘动画也不例外。在影视传媒充斥的当今世界，二维动画影片能否辉煌如昔还要看是否有更加震撼的创新。

二维动画要在视觉上有所创新，必须倚赖不同技术形态与艺术表现形态相结合。由于二维动画在材料的选取上有着诸多的不定因素，这也决定着二维动画仍然存在着巨大的空间，同时决定了二维动画在着色上存在各种差异，画面的效果难以估计。就像佩特洛夫使用油画这种独特方法制作动画片《老人与海》，就达到了一种意想不到的效果。二维动画随着水墨动画、剪纸片动画、油画动画、沙粒动画等各种材料的引用，在色彩制作过程中存在众多不定的因素。想要突破传统达到创新的目的，还需要动画创作者作进一步大胆地尝试。

三、三维动画中色彩的应用

三维动画又称3D动画，是近年来随着计算机软硬件技术的发展而产生的新兴技术。三维动画软件在计算机中首先建立一个虚拟的世界，设计师在这个虚拟的三维世界中按照要表现的对象的形状尺寸建立模型以及场景，再根据要求设定模型的运动轨迹、虚拟摄影机的运动和其他动画参数，最后按要求为模型赋予特定的材质，并打上灯光。当这一切完成后就可以让计算机自动运算，生成最终的画面。

随着计算机三维影像技术的不断发展，三维图形技术越来越被人们所看重。三维动画因为比平面图更直观，更能给观赏者以身临其境的感觉，尤其适用于那些尚未实现或准备实施的项目，使观者提前领略实施后的精彩结果。

三维动画，从简单的几何体模型如一般产品展示、艺术品展示，到复杂的人物模型；从静态、单个的模型展示，到动态、复杂的场景如房产酒店三维动画、三维漫游、三维虚拟城市、角色动画，所有这一切，都依靠强大的技术实力来实现。三维动画技术模拟真实物体的方式使其成为一个有用的工具。由于其精确性、真实性和无限的可操作性，目前被广泛应用于医学、教育、军事、娱乐等诸多领域。当然，不同行业对色彩有着不同的要求。例如，应用在医学的三维动画上，可能大量使用绿色，而不是黑与白，这是由色彩本身的特性与人们的使用习惯决定的。至于画面色彩的丰富程度，还要根据动画片的整体风格和商业运作的特性来决定。

四、网络游戏中色彩的应用

网络游戏是当前发展最快的新兴产业，同时也是带动性很强的产业，给劳动力市场创造了诸多的就业岗位，推动经济发展。作为一个技术推动型的产业，网络游戏面临着商机，同时也面临着各方面的挑战。

尽管网络游戏是一个虚拟的空间，但它的方便、快捷、灵活等多种优点，拓展了人们的知识面，给予了人们更多的生活空间以及休闲的方式，改变了人们传统的思想方法。

从《传奇》到《奇迹》，再从《魔兽世界》到《奇迹世界》，无不创造一个个惊人的奇迹。众多的网络玩家为此如痴如醉，沉迷其中。网络游戏吸引人的不单单是无空间区域的约束、方便快捷的聊天方式，更多的是精美的画面色彩、绚丽多姿的动作、眼花缭乱的技能。因此，色彩在网络游戏中起着非常重要的作用，可以说色彩在网络游戏中应用得好与坏直接决定着网络游戏的发展前景。

五、影视动画中色彩的应用

动画片以其独特的艺术形式、艺术形象和艺术魅力，深受广大群众尤其是少年儿童喜爱。大力促进我国影视动画产业的发展，对于振奋民族精神，陶冶道德情操，提高审美情趣，丰富文化生活，传播科学知识，提升精神境界，引导人们追求真善美，鞭挞假、恶、丑，有着十分重要的作用，特别是对教育培养少年儿童树立正确的世界观、人生观和价值观，开启和引领少年儿童塑造远大志向、高尚情操、健康心态、健全人格、优秀品质，有着极其重要的现实意义。

影视动画产业是资金密集型、科技密集型、知识密集型和劳动密集型的重要文化产业，是21世纪开发潜力很大的新兴产业、朝阳产业，具有消费群体广、市场需求大、产品生命周期长、高成本、高投入、高附加值、高国际化程度等特点。

影视动画是视听艺术与文化艺术结合为一体的艺术形式，动画片根据不同的时代背景、民族习惯、历史文化、年龄差异、性别差异、知识结构、故事情节等来确定整体的风格、人物造型、色彩的设定。动画片作为一种视觉传播的手段，充分地运用画面和音效来刺激人们的第一认知，形成新的感受。影片是一种音画相结合的艺术体，画面给人们带来的印象与感受，也直接奠定了动画片在观众心中的位置，这也更加体现了色彩在影视中的重要地位。

本章小结

本章首先介绍了动画色彩构成的目的与意义，接着介绍了动画色彩的一些基本特征和语境渲染，当前动画色彩的主要应用领域。动画是个交叉学科，涉及的专业和其他科目的知识较多，通过这些基本知识的介绍，希望增强大学生的学习主动性，使其快速地了解动画以及相关领域的发展状况和相应的技术水平。

思考练习

1.色彩在动画片中所起的主要作用有哪些？

2.如何理解动画色彩的基本特征？

第二章 色彩构成的基本理论

第二章　色彩构成的基本理论

学习目标：对色彩的形成进行简要的了解，重点学习色彩的基本属性和色彩的组成，并能运用色彩的基本属性和它们之间的关系对物象进行简要的空间塑造。

教学要求：通过本章的学习，在全面理解各知识的同时，引导学生思考问题，及时地抓住脑海中的各种想法，用草图的形式记录下来，进行简单的色彩创作练习。

第一节 //// 色彩的产生

一、色彩的形成

人们要想看色彩，必须具备以下三个基本条件，缺一不可：

第一是光，光是产生色彩最为基本的条件，光是色彩之源。没有光就没有色彩，光是人们感知色彩存在的必要的条件，色彩源于光。

第二是物体，只有光线没有物体，人们仍然不能感知色彩。如果在一个没有任何光线的房间里，人除了看见漆黑的一片之外，什么都无法看到，当然就无法看到房间里其他的物体了。

第三是眼睛，人眼中有视觉感色蛋白质，大脑可以通过这种视觉反应辨别色彩。人的眼睛与光线和物体有着密不可分的关系，这三者对于色彩的产生，缺一不可。

人们想要看到色彩，必须先有光，不同领域的人进行了不同的研究，发现色彩对于不同领域的应用以及着眼点不同。科学家牛顿通过三棱镜把白色光通过反射与吸收辐射来呈现颜色，这也证明了色彩是光的产物，并非物体本身所固有。凭借着光，我们才可以看到自然界里各种各样的物体所呈现的色彩，获得对客观世界的认识。相反，如果没有光源，我们如同置身在一个黑色的大容器里，围绕在我们周边的全都是漆黑的一片。光的来源有很多种，随着科技的进步，除了自然光之外，还有人造光。所谓的自然光是指太阳光、月光、荧光。而人造光是指灯光、烛光、激光等。色彩学是以太阳光作为标准来解释色与光的物理现象的。物体表面色彩的形成取决于三个方面：光源的照射、物体本身反射一定的色光、环境与空间对物体色彩的影响，本书后面将深入介绍。

从某个角度上说，光、物体、眼睛和大脑发生关系的过程产生色彩。当光线照射到物体上，物体吸收了部分光，而反射出来的光线被我们的眼睛所看到，视觉神经将这种刺激传递给大脑的视觉神经中枢，我们才能看到物体、看到色彩。但并不是具备这三个条件的时候都能准确地辨别色彩。人类需要经过光线—眼睛—神经反应的过程才能见到色彩。光线进入视网膜，在视网膜上发生作用而引起生理的兴奋，当这种兴奋的刺激经神经传到大脑，与整体思维相融合，就会形成关于色彩的复杂意识。个别的人由于遗传或生病的原因，对色彩的感觉不健全而成为色盲。全色盲者只能感到物体明暗的变化，不能辨别各种色彩。部分色盲的人大都只对红、绿两色分辨不清，都看成灰色。有人对色彩的感觉不敏锐，虽然能分辨出红、绿及各种色彩，但对色彩的感觉较淡或较灰暗，称为色弱。

二、色彩的三要素

人们在日常生活中所见到的物体，大多是不发光的，光照的差别致使它们表现出不同的色彩，如蓝色的天空、绿色的树叶、金黄的麦田等。不同色彩是由两个原因造成的，一是物体自身表面质地的不同，二是光照的差别。

物体的色彩是指光线照射在物体上，由于物体表面的纹理质地差别，反射的部分光线被视觉所体察，就看到物体特定的色相。我们一般把物体在正常的情况下所具有的本身的色彩称为固有色，但固有色的概念往往忽略了物体本身所具有的结构和相关的纹理质地，这是造成不同物体产生不同色相差别的原因。

从物理学的角度来看，一切物体的颜色都是由于光线照射的结果。但人们在日常生活中还是习惯把物体在正常日光下呈现的颜色叫"固有色"，以此与在有色光线照射下所产生的"光源色"相区别。

1.固有色

固有色，指物体在正常日光照射下所呈现出的固有的色彩。如红花、紫花、黄花等不同色彩。对固有色的把握，主要是准确地把握物体的色相（色彩的色调倾向）。

一般来讲，物体呈现固有色最明显的地方是受光面与背光面之间的中间部分，也就是素描调子中的灰部，我们称之为半调子或中间色彩。因为在这个范围内，物体受外部条件色彩的影响较小，它的变化主要是明度（色彩的明亮程度）变化和色相本身的变化，它的饱和度也往往最高。

2.光源色

光源色，指某种光线(太阳光、月光、灯光、蜡烛光等)照射到物体后所产生的色彩变化。

在日常生活中，同样一个物体，在不同的光线照射下会呈现不同的色彩变化。比如同是阳光，早晨、中午、傍晚的色彩也是不相同的，早晨偏黄色、玫瑰色；中午偏白色，而黄昏则偏橘红、橘黄色。阳光还因季节的不同，呈现出不同的色彩变化。夏天阳光直射，光线偏冷，而冬天阳光则偏暖。光源颜色越强烈，对固有色的影响也就越大，甚至可以改变固有色。比如一堵白墙，在中午阳光照射下呈现白色，在早晨的阳光下则呈淡黄色，在晚霞的照射下又呈橘红色，在月亮下则呈灰蓝色。所以光线的颜色直接影响物体固有色的变化，光源色在色彩写生中尤为重要。

3.环境色

物体表面受到光照后，除吸收一定的光外，还能反射到周围的物体上，尤其是光滑的材质具有强烈的反射作用。另外，在暗部中反映较明显。环境色的存在和变化，加强了画面相互之间的色彩呼应和联系，也大大丰富了画面的色彩。因此，环境色的掌握非常重要。

第二节 ///// 色彩的基本属性

一、色相、明度、纯度

1.色相

色彩有色调变化，而这种色调的倾向就叫色相。

色彩体系中的基本色相是由光谱中各色相间的原始色彩构成的。在可见光谱中，红、橙、黄、绿、蓝、紫，每一种光都有自己的波长和频率，人们根据这些特性区别颜色。当提到某一色的名称时，所产生的一个特定的色彩印象，就是色相。

色相指色彩的相貌，是区别色彩种类的名称。色相和色彩的强弱及明暗没有关系，只是纯粹表示色彩相貌的差异。色相是色彩的肌肤、色彩的灵魂。例如，以绿色为环境的主要色相，就可能有粉绿、草绿、中绿、橄榄绿等色相的变化，虽然是在绿色相中调入白与灰，在明度与纯度上产生了微弱的差异，但仍保持绿色相的基本特征。

2.明度

明度指色彩的明亮程度。任何色彩都有自己的明暗特征，不同的颜色，反射的光量强弱不一，因而会产生不同程度的明暗。色彩的明度，和它表面色光的反射率有关，物体表面的光反射率越大，对视觉刺激的程度就越大，看上去就越亮，该种颜色的明度就越高。

明度的两个极端，最亮的是白，最暗的是黑。色彩越靠近白，亮度就越高；越靠近黑，亮度就越低，在黑与白之间有着不同的明暗程度的划分，称之为明暗阶度。色彩本身也具有明度值，例如黄色的明度较高，蓝紫色的明度相对较低。同时，色彩也可以通过加减黑、白来调节明度。在其他的色彩中混入不同的白色，可以提高混合色的明度；相反，如果在其他的色彩里混入黑色，可以降低混合色的明度。

明度高则色彩较明亮，明度低色彩较灰暗。明度是色彩的骨架，对色彩的结构起着关键性的作用。没有明度关系的色彩，就会显得苍白无力，只有加入明暗的变化，才可展示色彩的视觉冲击力和丰富的层次感。例如灰色长条是单一的色彩，但在无色系明度由高到低的背景衬托下，灰色的视觉效果产生变化，富有层次感。

明度在色彩三要素中可以不依赖于其他性质而单独存在，任何色彩都可以还原成明度关系来考虑。例如黑白摄影、素描等。明度适宜表现物体的立体感、空间感。

在无彩色中，明度最高的色为白色，明度最低的色为黑色，中间存在一个从亮到暗的灰色系列。在有彩色中，越接近白色明度越高，越接近黑色明度越低。例如有彩色系中，黄色为明度最高的色彩，紫色为明度最低的色彩。

3. 纯度

纯度表示色彩的鲜浊或纯净程度，也就是色彩的饱和度。具体来说，纯度是表明一种颜色中是否含有白或黑的成分。假如某种颜色中不含白或黑的成分，便是纯色，其纯度最高；如果含有越多白或黑的成分，其纯度亦会逐步下降。

从科学的角度看，一种颜色的鲜艳度取决于这一色相发射光的单一程度。人眼能辨别的有单色光特征的色，都具有一定的鲜艳度。不同的色相不仅明度不同，纯度也不同。在油画颜料中红色是纯度最高的色相，同时也是鲜艳度最高的。蓝绿色是纯度最低的色相。橙、黄、紫等色纯度也较高。

在日常的视觉范围内，眼睛看到的色彩绝大多数是含灰的色，也就是不饱和的色。有了纯度的变化，才使世界上有如此丰富的色彩。同一色相即使纯度发生了细微的变化，也会带来色彩性格的变化，给生活带来更多的面貌与情调。纯度变化对人们的心理影响极其微妙，不同的年龄、不同的性别、不同职业、不同教育背景的人对色彩纯度的偏爱有很大的差异。

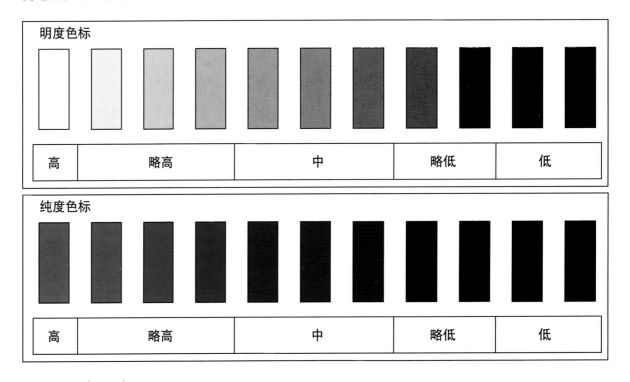

明度色标				
高	略高	中	略低	低

纯度色标				
高	略高	中	略低	低

二、色彩的分类

色彩是人的视网膜对接收到的光所做出的反应，在大脑中产生的某种感觉。物体表面色彩的形成取决于3个方面：光源的照射、物体本身的反射、环境与空间对物体色彩的影响。色彩分为无彩色系与有彩色系。

1.无彩色系

无彩色系是指黑、白、灰这三种颜色。从物理学角度看，黑、白、灰不包括在可见光谱中，故不能称之为色彩。无彩色按照一定的变化规律，可以排成一系列。由白色渐变到浅灰、中灰到黑色，色度学上称为黑白系列。黑白系列中由白到黑的变化，可以用一条垂直轴表示，一端为白，一端为黑，中间有各种过渡的灰色。

无彩色系中的所有颜色只有一种基本性质，即明度。它们不具备色相和纯度的性质，也就是说它们的色相和纯度从理论上来说都等于零。色彩的明度可用黑白度来表示，愈接近白色，明度愈高；愈接近黑色，明度愈低。明度的变化能使无彩色系呈现出梯度层次的中间过渡色，即深浅不一的灰色。

2.有彩色系

有彩色系是光谱上显现的红、橙、黄、绿、蓝、紫及它们之间的各种间色，不同明度和纯度的红、橙、黄、绿、青、蓝、紫色调都属于有彩色系。有彩色是由光的波长和振幅决定的，波长决定色相，振幅决定色调。

第三节 ///// 色彩的组成

一、基本色

原色，又称为基色，即用以调配其他色彩的基本色。在设计中通常采用12色相环，即一个色相环通常包括12种不同的颜色，如图2-1所示。12色相环是由红、黄、蓝三种原色，按照一定的比例而调制的色彩。基本色是艺术设计师充分理解色环和色彩理论的关键，对每一种基本颜色的属性的了解，有助于设计和创作。

二、三原色

前面提到原色即基色，是用来调配其他色彩的基本色。原色的色纯度最高，最纯净、最鲜艳，可以调配出绝大多数色彩，而其他颜色却不能调配出三原色。三原色分为两类，一类是光的三原色，另一类是颜料三原色。

光的三原色，是RGB（红绿蓝），如图2-2所示。在摄影课上提到的三原色就是这种三原色。另外，我们看的电视的荧光粉也是这种组合，不信，到彩色电视机跟前看看CRT就是这样，不过别看面前电脑的显示器，它的像素点太小了，肉眼分辨不出来。RGB这三种颜色的组合，几乎能形成所有的颜色。

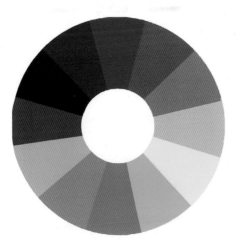

图2-1 12色相环

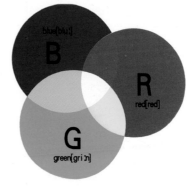

图2-2 光的三原色

C(青绿Cyan)、M(品红Magenta)、Y(黄Yellow)(习惯上说的红黄蓝)被称为颜料三原色,如图2-3所示。颜料三原色的混合,亦称为减色混合,光线会减少,即两色混合后,光度低于两色原来的光度,且合色愈多,被吸收的光线愈多,愈近于黑。所以,调配次数越多,纯度越差,越是失去它的单纯性和鲜明性。两种原色按不同的比例相混合后会得到多种二次色即"间色",三原色按不同的比例调配可以得到不同的三次色即复色,如图2-4所示,原理上CMY混合在一起就变成黑色,品红与绿、黄与紫、青与橙,各组颜色的混合都接近黑,但实际上只是变成不鲜明的浓色而已。因此印刷上会在三色以外再加上一个黑色(black),用CMYK四色。CMY分别组合可以合成光的三原色。

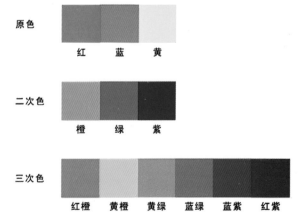

图2-3 颜料三原色

图2-4 颜料三原色的调配

三、同类色、邻近色、互补色

在24色相环中,相距45度,或者彼此相隔两三个数位的两色,为同类色关系;相距90度,或者相隔五六个数位的两色,为邻近色关系;相距135度或者彼此相隔七八个数位的两色,为对比色关系;相隔十二个数位或者相距180度的两个色相,均是互补色(色彩中三对互补色为:红—绿、橘黄—蓝、黄—紫),如图2-5所示。

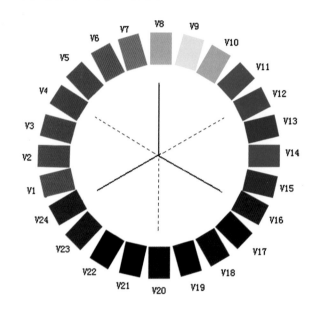

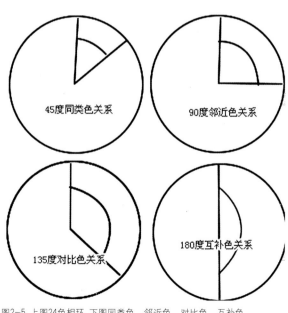

图2-5 上图24色相环 下图同类色、邻近色、对比色、互补色

四、暖色、冷色

暖色由红色调组成，比如红色、橙色和黄色，富于温暖、舒适和活力的感觉，产生了一种色彩向浏览者显示或移动，从页面中突出来的可视化效果（如图2-6所示）。

冷色来自于蓝色色调，譬如蓝色、青色和绿色，这些颜色对色彩主题起到冷静的作用，看起来有种从浏览者身上收回来的效果，多用作页面的背景。大家会发现在不同的书中，这些颜色组合有着不同的名称。无论何种称呼，只要深入理解这些基本原则，就会在网页设计方面大有长进。

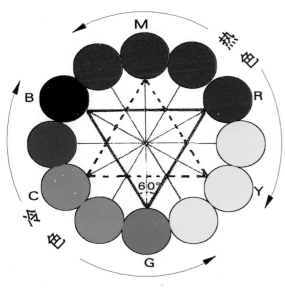

图2-6　冷暖色

五、色彩对比

两种以上的色彩，以空间或时间关系相比较，能找出明显的差别并产生比较作用，称为色彩对比。色彩对比可分为两大类：同时对比和连续对比。同时对比，就是人眼在同一时间、同一空间内接收两种以上颜色时，产生的视觉比较关系。同时对比注重的是色彩的局部配置、局部关系和局部效应。既要考虑色彩之间的影响，又要考虑如何突出色彩，当然还要考虑整体色彩关系以及视觉关系。连续对比，指在不同的时间条件下，或者说在时间运动的过程中，不同颜色刺激之间的对比。

在我们了解同时对比和连续对比的同时，还必须对色相对比、类似色对比、补色对比有一定的了解，如图2-7所示。

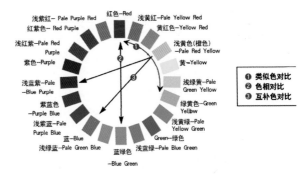

图2-7　色相环

色相对比：不同颜色并置，在比较中呈现色相差异，称为色相对比。当主色相确定后，必须考虑其他色彩与主色相是什么关系，要表现什么内容及效果，这样才能增强其表现力。

将相同的橙色，放在红色或黄色上，我们将会发现，在红色上的橙色会有偏黄的感觉，在黄色上的橙色又有点偏红，因为橙色是由红色和黄色调成的，当它和红色并列时，相同的成分被调和而相异部分被增强，所以看起来比单独时偏黄，以其他色彩比较也会有这种现象，我们称为色相对比，如图2-8所示。除了色感偏移之外，对比的两色，有时会发生色彩相互渗透的现象，影响相隔界线的视觉效果。当对比的两色具有相同的色相和明度时，对比的效果越明显，两色越接近补色，对比效果越强烈。

图2-8　色相对比

类似色对比：在色环上非常邻近的色，如蓝与蓝绿这样的色相对比是类似色对比，也是最弱的色相对比效果。如图2-9左图所示《龙猫》场景中，田野里的黄绿与山坡里的绿树、远处群山的蓝绿形成的一系列的对比就是类似色对比。

补色对比：在色环直径两端的为互补色。一对补色并置在一起，如红与绿、黄与紫、蓝与橙，则色彩感觉更为鲜明，纯度增加。如图2-9右图所示，

千寻上衣的绿色与座位的红色，这便是一组补色的关系，在画面上形成鲜明的对比，使得画面的色彩更加鲜明。

图2-9 宫崎骏作品

明度对比：因明度之间的差别形成的对比。将相同的色彩，放在黑色和白色上，比较色彩的感觉，会发现黑色上的色彩感觉比较亮，放在白色上的色彩感觉比较暗，明暗的对比效果非常明显，如图2-10左图所示。明度差异很大的对比，会让人有不安的感觉。（柠檬黄明度高，蓝紫色的明度低，橙色和绿色属中明度，红色与蓝色属中低明度。）

纯度对比：两种以上色彩组合后，由于纯度不同而形成的色彩对比效果称为纯度对比。一种颜色与另一种更鲜艳的颜色相比时，会感觉不太鲜明，但与不鲜艳的颜色相比时，则显得鲜明，这种色彩的对比便称为纯度对比，如图2-10右图所示，蓝色和紫色的对比较弱，当画面填入适当的红色、黄色、绿色时，它们之间的对比就变得更加的鲜明突出了。

图2-10 左图/明度对比　右图/纯度对比

冷暖对比：由于色彩感觉的冷暖差别而形成的对比，称为冷暖对比。（红、橙、黄使人感觉温暖；蓝、蓝绿、蓝紫使人感觉寒冷；绿与紫介于其间。）另外，色彩的冷暖对比还受明度与纯度的影响，白光反射高而感觉冷，黑色吸收率高而感觉暖。如图2-11所示，两个动漫人物都呈现不同的色彩的感觉，左图的角色以大块的红色着色，而右图的角色以蓝色着色，对比鲜明，左图的角色偏暖，右图的角色偏冷，两者之间的对比一目了然。

图 2-11 冷暖对比

第四节 ///// 动画色彩

动画电影作为电影的一种类型，本质上既是艺术的、商业的，也是意识形态的。在不同的政治、经济、文化语境中，因对其属性不同方面的强调，而呈现出不同的动画电影形态，创作者除了运用独特的叙述方式，触发心灵的剧本之外，经常会借用色彩来强调某个角色的个性，又或者是营造剧情中某个场面的气氛等，带领观众从视觉中快速地融入剧情当中。

色彩是沉默的语言，作为电影摄像艺术四大造型元素之一的电影色彩更是一个综合的、特殊的语言系统。电影色彩　作为电影创作中的重要元素已经引起越来越多的人重视。从法国电影先驱乔治·梅里爱使用生产流水线的方法在黑色拷贝上手工着色，到俄罗斯的亚历山大佩特洛夫克用手指蘸着油彩在玻璃板表面进行动画制作，发展到现在较为普遍的电脑着色与校色，这虽然是一种技术与艺术在不断地发生演变，但这无一不体现色彩在电影中的魅力与特有的个性，使得更多的电影艺术创作者为之所动。张艺谋将色彩在电影上的应用可谓发挥得淋漓尽致，电影《英雄》在色彩上的应用就是一个典型的例子，图2-12左图，影片胡杨树林的片段中，这种红黄色充分地体现了情感的冲突，这种主观色彩的运用使得故事情节与矛盾冲突更加直观，扣人心弦。而图2-12右图，残剑居室的绿色段，这种绿色的色调，无不体现生命、和平、幸福的气息，诸如此类的色彩片段，电影《英雄》里随处可见，创作者利用色彩的特性间接地刺激观众解读剧本，快速地将观众带入电影的剧情范围之中。而在动画片中，这种主观色彩的运用将色彩的特性发挥得更加具体与突出，例如图2-13左图，中国早期经典动画片《大闹天宫》中孙悟空的造型，红色的衣服与黑色的帽子形成的色相强对比，使人物的个性更加突出，爱憎分明与好打不平的个性更加具体。而图2-13中图，动画片《哪吒闹海》中的哪吒以红色的着装出场，与灰绿色的天空、暗绿色的海面形成鲜明的对比，使哪吒好打不平、伸张正义的个性一一展现。在图2-13右图中，动画片《金刚葫芦娃》的剧情是葫芦娃只有通过相互协作，使其法力与能量相互互补才能克敌。而影片《金刚葫芦娃》中的葫芦娃以红色上衣与绿色裤子形成互补色，这种色彩的安排是创作者经过艺术的加工，利用互补色的特性巧妙地将色彩的个性赋予在剧情中的角色身上，从侧面烘托他们七兄弟之间的职能与本领各不相同，突出七兄弟只有相互协作才能降服妖怪。从视觉的角度出发，如果人长时间停留在红色的色块中，需要一点绿色来做视觉的缓冲调和。色彩在动画中的具体应用与分析，本节只是列举几个小例，帮助大家快速认识动画电影中色彩的重要性。

图2-12 张艺谋电影《英雄》片段

图2-13

本章小结

色彩是一种涉及光、物与视觉的综合现象。本章对色彩的形成、色彩的基本属性与组成作了简明扼要的阐述，带领大家从理论的层面认识色彩和色彩的一些基本要素，在色彩练习的实践操作中，具有很强的指导性。

思考练习

1.简述色彩的三要素、光的三原色、颜料三原色。

2.对自然界中的各种物象进行写生归纳，尽可能排除形的干扰和透视的关系等，采用4～5种颜色进行色彩构成练习，塑造物象之间的空间效果。（20cm ×20cm卡纸）

（1）色彩的冷暖对比。

（2）色彩的明度对比。

（3）色彩的纯度对比。

（4）色彩的补色对比（3对补色同时进行）。

第三章　动画色彩的前期训练

第三章　动画色彩的前期训练

学习目标：掌握正确的观察色彩的方法，更进一步地了解色彩的变化规律，熟悉运用各种色调变化进行习作训练。

教学要求：通过本章教学，在全面了解各知识点的基础上着重训练学生的思维能力，利用合理的评价手法，促进学生创新思维，注重学生的个性培养，充分地运用色彩表现自己对物象各种层次的理解。

第一节 ///// 色彩观察的方法

我们知道，敏锐的色彩观察能力，是画好色彩画的关键，而正确的观察方法是色彩写生的前提。在色彩写生作画的过程中经常出现一些错误，除了技法和造型能力之外，更多的是来自写生者眼睛的观察与判断。例如，大多数同学在色彩写生的入门阶段，经常死盯着画面中的某一个苹果或者是某一个罐子，而忽略了光与物体、物体与物体之间产生的色彩的交融，最终使得画面里的每一个物体看上去都很孤立。

树立正确的观察方法，我们大体可以从以下几个方面入手。

一、整体观察

在我们进行色彩写生的时候，丰富的色彩知识可以帮助和指导我们更敏锐、更直接、更明确地观察各种因素对物体色彩的影响。除此之外，整体的观察方法也非常重要。

整体观察，即通过比较和对比，把色彩关系找出来，是观察色彩的最主要的方法。自然界中物体的色彩总是互相影响、互相联系、互相依存的，在色彩写生中，任何时候都不能孤立地判断一种色彩倾向。例如白色的衬布，孤立地观察很难判断它的色彩倾向，但是，当你把一张不规则的白纸和一个白色的瓷盘，加上一个黄色的苹果放入其中时，你就会很容易看出哪一个偏黄，哪一个偏蓝，哪一个偏红。在色彩的世界里，有了对比，我们就能比较容易地作出正确的判断。

许多初学者因为不懂得整体对比的观察方法，往往总是孤立地盯着局部看，看着山画山，看着水画水，看着天画天，画水果时盯着果子，画器皿的时候盯着器皿，结果每个地方的颜色似乎都看得很真切，调得也非常准，可是当它们呈现在画面上时，给人的感觉总是不协调。引起这种情况的原因是：作画者只关注局部的观察、局部的表现，使得各部分的色彩之间缺少联系和比较，物体孤立在画面中，似乎都没有受到环境色的影响。如此这样，是不可能表现出正确的色彩来的。

如图3-1所示，左图是一幅摄影作品，右图是一幅电脑绘画作品，当眼前这一组错综复杂的静物摆在面前时，在光线与环境的作用下，玻璃杯、酒瓶与果子之间的大小比例、色彩的冷暖明暗、前后空间虚实等关系，实际已经形成一种互相贯通、互相依存、互相连接、互相对立的整体制约关系。在这种关系中，一切局部的、琐碎的、偶然的物体色彩现象，都必须服从整体的要求。图3-1右图，葡萄中出现的众多的高光点，所有暗部的重颜色，在总的整体中必须依次排列出不同的亮与暗。具体的方法是：眯起眼睛，眼睛的视点自然会落到主体物上，一切物体中的高光跳跃点会依次分出来，而最亮的只有一点，其他亮点依次减弱；在观察暗部时，我们可睁大眼睛看物体中暗部的重颜色，通过不断比较，从整体中发现最暗的部位，其他暗部依次减弱。

整体地观察，不光能快速地找到正确的色彩关系、塑造画面的空间，对作画的构图也有很大的帮助。树立正确的观察方法，需要在色彩训练的过程中不断地实践、不断地总结。

图3-1

二、反复比较

任何物体的色彩都不是孤立存在的，认识色彩的唯一正确方法是整体观察、互相比较、分析和发现色彩的大关系。整体观察是为了把握和控制画面的基本色调和大的色彩关系，比较是整体观察的深化，进而鉴别、认识客观对象。只有通过对物体间的色相、明度、纯度、冷暖等进行反复比较，分辨色彩倾向，寻找色彩之间的微妙变化和差异，才能掌握对象诸种因素的正确关系。严格地讲，色彩变化是相对于比较而言的，不作比较就难以准确地鉴别色彩的微妙变化。

1. 色调比较

色调是指各种颜色，是不同的物体的色彩在明度、冷暖、色相、纯度等方面的总倾向，也指一幅画的大体的色彩效果，是一幅画的总体面貌。调子之间的比较，目的是确定调子的明度、冷暖和色相的倾向，使描绘内容有一定的气氛特征，通过绘画的手段来统一本来彼此不协调的色彩。比较色调时，首先要看一个整体的、和谐的大小色块所组成的总的色调特征；其次把对象、光源、环境作为一个统一的整体，全面地观察比较，在整体比较中捕捉色彩。如早上的景物，受光面在阳光色的暖调之中，暗面受反光影响而统一于冷调之中。当冷暖调不明确或较乱时，容易使人产生紊乱感，色调也不统一。

2. 明度比较

色彩的明暗差别，即深浅变化为明度。明度差别又包括某种色彩的深浅变化和不同色相间的明度差别。在明度比较时，一定要把画面中最重的颜色找出来，再把画面中最亮的颜色找出来，然后由深到浅大体排列，在画面中建立一个总体的次序，同时根据自己对客观对象的认识和理解，把握物体大的黑、白、灰关系，将对象的层次进行概括和对比，使画面的效果丰富。在作画的过程中，如画面缺乏深色或浅色就会造成画面"灰"；如果层次没有概括或者过多地概括，也会失去对象本质的真实感。如图3-1的右图，酒瓶、葡萄、衬布之间的色彩对比，形成了一个总体的次序，而每个物体自身的明暗变化也形成了明度的对比，使得画面生动活泼。

3. 冷暖比较

冷色与暖色是人们的生理感觉和感情联想。色彩的冷暖是互为条件、互相依存的，没有暖的对比，冷色也不可能单独存在。正如图3-1的右图，葡萄、橘子、衬布、酒杯形成了鲜明的对比，橘子相对紫黄色的葡萄更暖，而紫黄色的葡萄比青葡萄又较暖，青葡萄比蓝衬布又较暖，所以说，色彩的冷暖感觉是通过整体分析比较而得出的。一般情况下，暖色光使物体受光部分色彩变暖而背光部分呈现其补色的冷色倾向；冷色光使物体受光部分色彩变冷而背光部分呈现其补色的暖色倾向，即感觉中偏红的为暖，偏蓝的为冷。

反复地观察、反复地比较与分析是色彩观察的重要手段，它通过对物体与物体之间的比较，对色彩的明暗、冷暖之间的对比，使初学者正确认识进而正确表达物体间的色彩关系。

三、感觉与理解

在客观的世界里，感觉到的东西，可能我们不能立即理解它，但理解了的东西我们几乎都能更深刻地感觉到它。对于自然界中出现的各种色彩，最初给人的感觉往往是最鲜明的，在人们的印象中也是最深刻的。这种深刻的印象往往能够帮助绘画者理解和运用色彩，及时捕捉到自然界中最为真实的色彩以及色彩感觉。

色彩感觉固然重要，但只凭我们的眼睛去认识色彩，是远远不够的。色彩的感觉在色彩写生的过程中，尤其在铺大的色彩关系时起着基础性的作用，而随着作画者的深入塑造，画面的色彩必须加以分析，融入个人的理解，才能使刻画对象与环境的色彩关系协调。不理解色彩的变化规律，凭着自己的感觉来画，很难表现出色彩的正确关系。

色彩与形体是绘画的两个重要因素，它们是相互依存不可分割的统一体，正是形与色结合产生的形象使我们获得了艺术的享受。自然界中物体的形与色在每个人心里所产生的作用和感受是不一样的，每个人对它的理解都会存在不同程度上的差异，最终反映在画面上，色调也有所不同。如在色彩的写生训练中，同一组静物，学生最终完成的画面总会呈现不同的色调，有的偏冷，有的偏暖，有的偏灰，还有的很鲜，这些都是源于物体对个人的影响，以及个人的感受与理解。所以，感觉与理解在色彩的前期训练中极其重要。

如图3-2所示，学生在写生的过程中，由于每个人对色彩的认知不同，同一种静物，在构图和色彩的处理上都有着较大的区别，最终画面所形成的色调倾向也有所变化。左图的色调相对右图偏暖，其实，这是色彩对比后传递的视觉反差造成的，是一种主观意识。

在写生的过程中，在动手作画之前，最好在自己的大脑中有一个基本色调的概念，确定在画面上什么颜色是主色，什么颜色是副色，它们之间的冷暖关系如何，物体的色块怎么去处理以及画面中各个物体的色彩与形状如何去协调，等等。

图3-2 学生色彩写生作业

第二节 //// 色彩的变化规律

分析自然色彩的变化规律，是色彩认知的基本方式。熟练地掌握色彩的对比与调和，是正确运用色彩、表现设计的前提。由于在实践中，运用的方法不同会产生视觉、心理以及色彩变化，因而，我们有必要深入地探讨自然中色彩的视觉变化现象和人的主观色彩感受，以便于更好地运用和处理色彩的搭配关系。色彩作为一种视觉传达语言，明度、纯度、冷暖的变化，都会给人带来不同的视觉感受，我们也从这三方面来研究色彩的变化规律。

一、色彩的冷暖变化规律

冷色与暖色是根据视觉心理对色彩的感知性来分类的。对于色彩的物质印象，大体上可以分为冷暖两种色调。色彩不能孤立地说冷暖，要有至少两种颜色一起比较。其实，颜色冷暖的判断是在对比中根据颜色倾向来确定的，是一种主观上的感觉。

色彩冷暖感觉的相对性，主要表现在两个方面：一方面是冷暖本身具有确定性，拿红、橙、黄、紫、绿、蓝来说，红、橙、黄是暖色，而紫、绿、蓝为冷色，其中，紫、绿又为中间色。另一方面，就这三类色而言，本身又有冷暖之差。在红色

系中，朱红比大红较暖；而在冷色系中，紫蓝比蓝色要暖；而紫色相对红色又偏冷，紫色相对蓝色又较暖。用冷暖来界定物象的色彩，也是色彩结构关系中的一种对比，并在对比中形成画面的统调，又在统调中构建一种基调。色彩学家把色相环上的10个色相面貌典型的颜色分为两个相对应的色区，暖色区和冷色区，如图3-3所示。

以上介绍的是色彩的一些基本属性，在绘画与设计的过程中，除了对色彩的基本属性有足够的了解外，我们必须对自然的光线有充分的认识。因为在不同程度上，色彩受光线的影响，其色相也会发生一定的变化。在晴朗的天气里，在阳光很强的乡村间，观察被白雪覆盖的田野，我们会看到起伏不平的雪地的受光面因为阳光的照射而偏暖，暗部略微偏冷。如果天气是阴天，雪地的受光面就会变冷，雪地的暗面较暖（如图3-4、图3-5所示）。这些千变万化的色彩冷暖转换，与光和环境色有着密切的联系。我们对物象色彩的冷暖感觉，是从理性的角度来讲的，是心理因素的作用，这种感觉是相

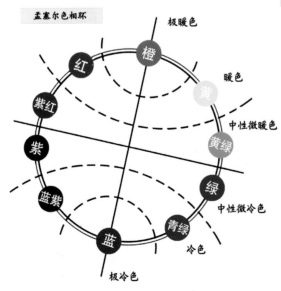

图3-3 孟塞尔色相环

图3-4 列宾（俄国）布面油画

图3-5 安德拉索夫（俄罗斯）《雪》布面油画

对的，只有在一定的光源环境的条件下，通过联系与对比才能产生。

从上面的作品中，我们可以把色彩写生运用的冷暖的基本规律归纳如下：

（1）物象亮面色调的冷暖以光源色的冷暖为转移，物象暗部的冷暖以物体环境反光的色彩冷暖为转移。

（2）物象受光面的色相是固有色和光源色的综合，物象暗部的色相是固有色与环境色的综合。

（3）在物象受光面和暗面之间有一个过渡的色调，这一块基本以色彩的固有色为基准，但随着环境和光线的影响，也会发生相应的变化。

（4）物体的高光部分是因为受光面的光源直射，其冷暖和物体的质地有很大的联系。反射强的高光基本上是光源本色的反映；反射弱的高光，以光源色为主，与固有色相互影响。

在进行色彩写生时，这些基本原理要谨记，不过在实际操作时，还需要根据具体情况作出相关的调整，将个别的经验与规律区分开来。我们不光要注意到室内光与自然光的区别，研究这些光线下的基本规律，还要注意到色彩的应用领域，以及个人主观感觉。

不同的应用领域，色彩也有着相应的区别。我们针对色彩在一些商业领域上的应用作简要的分析。就游戏《奇迹》的几张壁纸来说，图3-6、图3-8相对图3-7和图3-9，色彩较冷，而图3-8相对图3-6来说又较暖。CG插画师在创作时运用了大量

的个人主观色彩。图3-6（魔法师）充分地运用了蓝色，突出角色在游戏里冷静的个性，流畅清丽的蓝色调的选择更加贴切地表达画面的内容和主题。而图3-9中圣导师的形象与红色的背景融为一体，创作者充分地运用红色突出圣导师作为群雄领袖至高无上的地位，在视觉上刺激了人们的眼球，促进更多的玩家快速地了解并加入网游的队伍中，用这些唯美的画面达到商业宣传的作用。

图3-6　　　　　　　　　　图3-7

图3-8　　　　　　　　　　图3-9

基于色彩作用于人的视觉与心理的特性，动画色彩涵盖了自然色彩和主观色彩这两种功能，色彩的冷暖对人的主观感觉也存在依赖。人们看到暖色一类色彩，会联想到阳光、火等景物，产生热烈、欢乐、温暖、开朗、活跃等情感反应。见到冷色一类颜色，会联想到海洋、月亮、冰雪、青山、碧水、蓝天等景物，产生宁静、清凉、深远、悲哀等情感反应。正因为色彩在人们的意识里有着各种不同的反应，动画创作人员在创作人物与场景的时候，会运用不同的色彩、色系去表达故事的情节，实现画面的需求，达到创作的目的。

在动画色彩创作的过程中，创作者会不断地对画面的结构、颜色作出判断，加以理性的分析以及个人主观的色彩创作，使动画色彩在整个系列中形成对比而又统一成一个整体。如果说冷色能使人的大脑感到安静、沉稳、踏实，暖色给人活泼、愉

快、兴奋、不稳定的感受，那么，日本动画大师宫崎骏先生所创作的《幽灵公主》就极好地把握了这一点。创作者运用冷色调来表达森林深邃幽远的神秘，如图3-10所示；运用暖色来表现人类生存在自然界里的各种不定因素，如图3-11所示，最终通过色彩的冷暖来烘托故事的情节，使自然的色彩与创作者的主观色彩达到融合，以此来刺激观众的眼球，引起人们的共鸣，从而加深影片在大家心里的印象，促使受众反思，达到创作者的最终目的。

图3-10 《幽灵公主》宫崎骏

图3-11 《幽灵公主》宫崎骏

二、色彩的纯度变化规律

我们知道，在色彩的三原色中，红色的纯度最高。其他色彩有着不同层次的纯度变化。在色彩的练习中，如果颜色混合的次数越多，其色彩的纯度就越低，色彩呈现的色度就越弱；相反就越高越强。如果将同一种颜色置于远近不同的地方，色相的强弱也会发生变化（近的强，远的弱）；如果将不同色相置于同一距离中，暖色系的纯度高，冷色系的纯度低。

图3-12 拉斐尔《基督显圣》油画　　图3-13 拉斐尔《圣母》油画

通过上图的比较，我们得到色彩纯度强弱变化的基本规律。

（1）距离人的视点越近，色彩的纯度就越高；距离人的视点越远，色彩的纯度相对偏低。

（2）在色彩的变化中，暖色的纯度比冷色的要高（如图3-12所示），而冷色又相对其他间色的纯度要高。

（3）距离越近的色彩，纯度对比越强，画面色彩中固有色的成分相对较多；距离画面较远的色彩，纯度相对较低，色彩受到环境与光源的影响越多。在色彩的对比中，面积大的纯度相对较高，面积小的纯度较低（如图3-13所示）。

色彩纯度变化的规律，对我们处理远近的空间色彩关系有着重要的意义，对于动画创作也有着积极的帮助。不论是二维还是三维动画，画面始终存在于一个空间，而这个空间随着镜头的转移发生不断的变化，我们只有充分地了解和掌握这些规律，才能处理好空间的色彩关系，为将来的设计和创作打好基础。

三、色彩的明度变化规律

色彩的明度变化，源于光源和环境色的影响。任何色彩都有自己的明暗特征。不同的颜色，反射的光量强弱不一，就会产生不同程度的明暗。对于环境的影响，我们一下子无法作出具体的概括，但我们可以对光源造成的明暗变化作出相应的归纳。

在绘画创作的过程中，我们大体上把光源分为自然光和人造光两种，如果将同一静物置于室内的人造灯光和室外的自然光线下，除了物体受光面的冷暖发生变化之外，物体的固有色随着光波的长短也发生相应的变化。我们将其归纳为两个方面。

1. 人造灯光（室内灯光）下物体的明暗变化

室内由于受到空间的限制，物体与物体之间的距离有限，物体都能清晰地呈现在有效的视域范围内。在室内灯光的照射下，某种程度上，物体的受光面和暗部的强弱层次变化比较相似，差别不是很大，这是室内光线离物体的距离较近造成的。即使是这样，我们也应该按照"远模糊，近清晰"的视

觉特点对物体进行概括。如图3-14左图所示，在处理色彩时，我们要注意到：南瓜离光线较近，明度对比强，色彩亮度高，而陶罐相对光源较远，明度对比则弱，变化不如南瓜丰富。如果是同质地、同明度、同光源下的色彩，我们应根据物体相对应的远近关系或是不同的方向、面积的大小，有意识地处理它们之间的明度对比关系。如图3-14右图，玻璃酒瓶、玻璃酒杯、青葡萄，它们的质地较相似、明度也较为接近，在相同的光源下对比不够明显，我们应该按照自己的主观意识，对它们的色彩与明度作一个相对的调整，酒瓶较玻璃杯明度高，而玻璃杯较之葡萄又略高，掌握了这种作画规律，使得作画快速而简单。

图3-14 苏润强《静物》油画

2. 室外自然光照射下景物的明暗变化

相对室内来说，室外不受空间的限制。在大多的情况下，景物由于视觉的距离远近而呈现远、中、近不同层次的色彩明度变化。距离近的景物的明度对比强，距离远的景物明度对比较弱。室外的自然光较室内的灯光，有着许多不同的特点。在逆光的情况下，室外的景物的边缘比较清晰，而暗部的明度较为模糊，却处在一个统一的整体中；而室内的物体处在逆光的情况下时，它的明度变化和色彩的成像较室外的要清楚得多。如图3-14与图3-15所示，图3-14为室内的静物，而图3-15是室外的自然光线，自然光线下，远处的山峰色彩明度弱，树叶的暗部又较为模糊，而图3-14右图，葡萄的暗部和酒瓶的暗部仍然较为清晰。

图3-15 列维坦（俄罗斯）油画风景

第三节 ///// 色彩的表现形式

色彩的表现形式多种多样，作为动画专业的色彩基础训练，要求我们在一定的色彩理论的基础之上，结合艺术实践，熟练掌握一般的色彩表现形式与方法。在众多的色彩表现形式上，水粉和水彩有着携带方便的特点，无论是色彩写生还是色彩创作，应用都较为广泛。但随着电脑技术的日益成熟，越来越多的设计人员开始大量地运用电脑进行各方面的操作，本节的最后一部分也会对电脑着色进行简要的介绍。

一、水粉画

水粉画是使用水调和粉质颜料绘制而成的一种画。它的色彩可以在画面上产生艳丽、柔润、明亮、浑厚等艺术效果。由于时代的发展，颜色和材料的性能等方面都有很大的突破，随之也涌现了多种多样的

水粉技法。

1. 水粉的特点

水粉画是以水作为媒介，这一点，它与水彩画是相同的。所以，水粉画也可以画出水彩画一样的酣畅淋漓的效果。但是，它没有水彩画透明，有着油画某些方面的特点，具有一定的覆盖能力。而与油画不同的是，油画是以松节油来做媒介，颜色的干湿几乎没有变化。而水粉画则不然，由于其是以水加粉的形式出现的，干湿变化很大。所以，它的表现力介于油画和水彩画之间。

水粉画的主要特点是用不透明的颜料和水调和作画。用薄画法，可以充分地利用水分和底色；厚画时，又能利用水粉画粉质覆盖力强的特点，像油画一样层层涂抹、遮盖，还能干湿结合地塑造各类形象，表现色彩空间，营造艺术氛围。水粉画的表

现力强，表现形式多样，应用广泛，大的可以画成大幅舞台布景，小的可以绘成小幅精美图案。既能画出油画般浑厚、气势磅礴的主题性绘画，也能通过湿画薄涂描绘田园风光。近年来在招贴画、宣传画、广告、CG插画及舞台布景设计方面应用广泛。

水粉画的另一个特点是表现方法和绘画技巧相对容易，所需要的作画材料也经济实用，因此将它作为色彩训练最先接触的画种，广受喜爱绘画艺术的青少年的欢迎。特别是近年来各美术院校招生时，色彩类试卷大都限定用水粉画完成，各类考生无不把水粉画当做学习色彩画的首选画种。

水粉画的弱点是色域较窄，深色的色阶层次落差小，暗度不够深，难以表现物体微妙的色度变化；其次就是水粉颜料没有光泽，着色后干湿变化大，颜色干后纯度降低，亦不好衔接等，这些都给初学者带来一定的麻烦，只有在不断的写生实践中反复琢磨，不断总结，才能逐渐掌握其特点。

2．水粉画的表现方法

水粉画的应用范围与表现形式多种多样，表现方法亦然。我们仅简单地谈一些最为基本的表现方法。

（1）观察与分析

色彩的写生是以选定的物象为客观依据，经过作者的艺术加工、提炼后的一种再现。它不是完全照抄自然界中的物象，而是根据作者对物象的理解和深入的分析，结合敏锐准确的观察来主动表现对象。

在色彩写生的过程中，无论是静物、人物或风景，都存在一个如何观察、如何分析的问题。我们在前面谈到过，色彩的观察方法是整体地观察、反复地比较、用感觉与理解去观察自然界中的物象，那么我们该如何对这些物象进行分析呢？

① 分析物象的形与体

② 分析物象的色彩

③ 考虑如何构图

④ 考虑物体之间的关联

⑤思考运用一种什么样的表现技法

（2）构图与起稿

构图一般分为两个阶段，整体构图与深入构图。作者经过整体观察，深入分析后，确立一个大的色彩关系，并将物象的大体布局勾画出来，这个过程是对观察分析的一个肯定。在构图起稿中，我们应该注意：

① 画面的重心

② 物象大的色彩关系

③ 形体、空间、主次、比例是否协调

④ 物象的明暗关系

（3）着色

水粉画的着色较为随便，大体可以分为三种。一是从整体到局部，它同水彩、油画一样，都是从画大的色块入手，然后再进行局部的塑造和细节的刻画。当然，在现实作画中，也有许多人选用从局部到整体的方法，这取决于个人的喜好。二是从深色到亮色，先画深重色，容易被明亮色覆盖；当然也有人喜欢先画亮色再画深色。三是从中间色调向物象的两极开始。不管是哪一种方式，方法不是死的，可根据我们作画的情绪灵活运用。

图3-16 宫六朝《静物》水粉

在具体着色时，应注意：

① 干画法和湿画法在水粉画中的运用 干画法一般是指厚涂重叠的方法。此法可以反复地画，一遍不行再画一遍，表现对象比较充分、深刻，也易于初学者掌握。这种厚画的画面，类似油画的效果，有浑厚之感。湿画法以薄画为主，发挥水色渗化的效果，着色遍数不宜多，甚至白色部分可以空

出白纸，具有水彩画湿润流动的意趣。干湿结合可以增强画面色彩的表现力。如图3-16所示，酒瓶与西瓜就是一个很好的对比，酒瓶干湿相结合，使得其具有玻璃的质感的同时，还表现出了酒瓶的重量这一物理特性，而西瓜采用湿画法，将西瓜的水分表现得淋漓尽致。

② 并置和重置　并置是笔触在画纸上并列摆置，着色遍数较少，开始用色厚一些。如强调二度空间的画面。作画时，先用较粗糙的线勾出轮廓及结构，填色时用并置的方法把颜色摆上去，压出色线。重置是一种叠色的方法，以色点、色线、色块进行重叠着色。作画大都是重置与并置结合运用，以利充分地表现对象。

③ 干湿变化地掌握颜色　干湿变化是水粉颜料的特性之一。将颜色涂在画纸上，湿时感觉比较恰当，干后就会发现变淡变灰一些。不了解这一特性往往会给着色带来被动，掌握这一特性，事先预计干后的效果，可避免在加色之后，色块成为不协调的"补丁"。作画时，应从薄到厚着色。先厚画再薄涂，干湿变化大；先薄画再厚画，干湿变化不明显，较易掌握。

④ 色彩画面的自然衔接　在写生中，从明到暗要过渡圆润，色彩要衔接恰当。一是利用湿画，使明色与暗色通过水的作用交互渗化，自然而柔润地融合在一起。二是在两种色之间用中间明度的颜色作过渡，使其衔接自然。三是两色衔接生硬之处，用其中一色在邻接处干扫几下，增加过渡的色阶，也可用笔蘸少量清水在生硬之处轻扫几下，使两色衔接处从明度或色彩方面揉出过渡层次，转折即会自然。

⑤ 画面的笔触　笔在纸面上运动，出现笔痕，即笔触。一般通过画面中的笔触可以看出画家大致的作画顺序以及如何用笔来塑造对象的。用笔不是目的，而是一种表现手段，应该着眼于表现对象，根据其不同结构、不同质感以及作者的不同感受，灵活运用涂、摆、点、勾、堆、扫等各种笔法进行描绘。

二、水彩画

水彩画是绘画的一种，是以水调和颜料所作的画。水彩画以水为中间媒介，调配出透明或半透明的颜料，在水彩纸上运用色彩和相应的表现技法绘画。较之水粉，它的颜色更具有透明性。由于水彩画的工具、颜料、纸张等有别于其他的画种，水彩画和其他的绘画有着较大的区别。

1．水彩的特点

在绚烂的艺术世界中，水彩无疑是最浪漫、最清纯、最自由的绘画语言之一，它以水为脉，以彩为体，依于境而固于神，兼容西方的色彩造型和东方的用笔、气韵于一体，贯通中西，囊括古今，既如游吟诗人，又似绿岸骑士，令人着迷，叫人神往。

水彩画因工具材料的特性、技法的不同，形成自己的艺术特色。把水彩画比作轻音乐或抒情诗般的轻柔，是比较确切的。水彩画由于水彩的水溶性，在绘画的过程中，加之水与颜色的调和、材料和技法的运用，能够在水彩纸的作用下呈现出多种变化。一幅好的水彩画除去内容与感情表达深刻之外，给人以湿润流畅、晶莹透明、轻松活泼的享受。

总地来说，水彩画具有两个基本特征。一是画面大多具有通透的视觉感觉，二是绘画过程中水的流动性。水彩的水溶性，造就了其外表风貌和创作技法，颜料的透明性使水彩画产生一种明澈的表面效果，而水的流动性则生成淋漓酣畅、自然洒脱的意趣。

2．水彩的表现方法

水彩画的表现方法与水粉大同小异，随着绘画材料的变化，水彩的表现以及表现技法越来越多。在现代动漫设计中，设计人员经常利用水墨画浓淡浑浊、色彩厚重、表现能力强、色彩容易控制等特点进行动画的色彩表现，下面我们将介绍一些水彩的基本表现技法。

（1）干画法　干画法是一种多层画法，用层层加色的方法在已经干的底色上着色，不求色彩渗化效果，能够比较从容地一遍遍着色。这种方式较易掌握，适用于初学者进行练习。表现肯定、明确的形体结构和丰富的色彩层次是干画法的特长，但干画法不能一味地"干"，画面仍要让人感到水分饱满、水渍湿痕，避免干涩枯燥。

（2）湿画法 可分湿的重叠和湿的接色两种。湿的重叠，将画纸浸湿或部分刷湿，趁未干时着色或着色未干时叠加颜色。如果水分和时间掌握得当，效果自然而圆润。湿的接色，即颜色邻近却未干时接色，利用水色渗透，交界模糊，使色彩过渡柔和。注意接色时用水要均匀，避免不必要的水渍。

画水彩大都干画、湿画结合进行，湿画为主的画面局部采用干画，干画为主的画面也有湿画的部分，干湿结合，表现充分，浓淡枯润，妙趣横生。如图3-17上图所示，玉米棒子和房屋就是典型的干湿相结合的画法，将木质的纹理特征与玉米棒子的质地表现得尤其突出，而下图的玉米秆与黄牛的毛质，通过这种干湿结合的画法，将玉米秆质地干枯的特点与黄牛毛柔松的特征也一一区分开来。

（3）水分的掌握 水分的运用和掌握是水彩技法的要点之一。水分在画面上有渗化、流动、蒸发的特性，画水彩要熟悉"水性"。充分发挥水的作用，注意时间、空气的干湿度和画纸的吸水程度。

（4）笔触的运用 水彩画的笔触和水粉画的较为相似，笔触有点状、面状、条状、块状等，在现实中大家常用的有点、扫、刷、勾、提、压等。至于在绘画的过程中具体选用哪种方式，还要根据自己的经验和作画的需要来决定。

（5）留白 与油画、水粉画的技法相比，水彩技法最突出的特点就是"留空"。一些浅亮色、白色部分，需在画深一些的色彩时空留出来。由于水彩颜料的透明性决定了浅色不能覆盖深色，恰当而准确的空白或较浅亮色，会加强画面的生动性与表现力，如图3-18左图所示，天空与地面就是通过留白与局部揉色的形式进行空间处理的，而图3-18右图，通过对雪的颜色进行细致的区分，以树干的重色去压雪的白色，使得两者相互交融，画面呈现出特有的宁静与幽深感；相反，不适当地乱留空，易造成画面琐碎花乱现象。

图3-18 王善生 水彩画

（6）其他的特殊技法 由于现代绘画手段的多样性，许多人不光对颜色有相当的研究，而且对作画的工具也有一定的研究。在现代的水彩画中，经常会出现用刀和砂纸来制作特殊的肌理效果，也有通过吸渍、喷洒等手段来达到某一效果，通过利用胶水的特性与水彩一起使用达到作者追求的效果，还有通过酒、盐、各色颜料相加的方式来达到某一特定效果。至于这些特殊的表现技法，要在色彩训练的过程中不断地探索加以实践。

三、油画

动画色彩的表现手段多种多样，是一种多元化的艺术。如动画片《老人与海》就充分地运用了油

图3-17 王可大 水彩画

画的表现力，达到一种震撼人心的艺术效果，如图3-19所示。

图3-19 亚历山大佩特洛夫克（俄罗斯）《老人与海》场景

布面油画在表现能力、色层弹性、永久保存性等方面均超过了水彩画、蛋胶画、湿壁画以及色粉笔画。就技术而言，油画的优越性表现为具有可塑性的膏状油画颜料为画家带来了灵活多变、广泛自由的绘画空间；而且除画笔外，画家可用刮刀等多种工具作画；画家能够在同一画面的全部范围内令透明与不透明的效果并存；由于油性颜料干燥慢，画家可反复涂改画面，并在画面上直接调色、运色；油画色彩光亮，利于物象质感的刻画，能够充分表达物象复杂的色调层次，具有透明、浑厚而丰富的优越效果；还可用不同的调色剂控制颜色干燥时间，运用色层的厚薄对比、笔触的变化产生丰富的画面肌理，或在有肌理的表面上作画，或在颜料中加颗粒状物质表现特质物体；油画颜料有较强的遮盖力和可塑性，可以一次性完成，也可以多层覆盖，色层不会脱落；油层干后坚实耐久、色彩光

亮，颜料在干燥过程中没有任何变化。可绘制大型布面油画，易运输、易装饰、易收藏、易保存、易清洁。

油画作为一种艺术语言，包括色彩、明暗、线条、肌理、笔触、质感、光感、空间、构图等多项造型因素。油画的技法大体可分为三类：一是透明覆色法，即用不加白色而只是被调色油稀释的颜料进行多层次描绘。必须在每一层干透后进行下一层上色，由于每层的颜色都较稀薄，下层的颜色能隐约透露出来，与上层的颜色形成变化微妙的色调。二是不透明覆色法，也称多层次着色法。作画时先用单色画出形体大貌，然后用颜色多层次塑造，暗部往往画得较薄，中间调子和亮部则层层厚涂，或盖或留，形成色块对比。由于厚薄不一，可以显出色彩的丰富寓意与肌理。透明与不透明两种画法没有严格的区别，画家经常在一幅画作中综合运用。三是不透明一次着色法，也称为直接着色法，即在画布上画出物象形体轮廓后，凭借对物象的色彩感觉或对画面色彩的构思铺设颜色，基本上一次画完，不正确的部位用画刀刮去后继续上色调整。这种画法中每笔所蘸的颜料比较浓厚，色彩饱和度高，笔触也较清晰，易于表达作画时的生动感受。

四、电脑着色

电脑着色是一种时代的产物，它区别于其他的绘画方式，是通过手绘好的轮廓经过扫描仪扫入电脑，或是直接使用数位板在软件上绘制轮廓，再通过相关的软件加以上色。

电脑着色比起其他传统的绘画方式，更节省资源，电脑上的色彩可以无数次地利用，而不像传统绘画中的颜色只能一次性使用。同时电脑着色也更加有效，可以快速便捷地修改。正因为电脑着色具有这些特点，使其在设计领域广泛地使用，尤其在动画行业中，电脑着色的使用更加普遍。

随着ＣＧ插画的快速发展，越来越多的插画师由原来的手绘而改用电脑绘制，随着电脑软件的不断更新，这种创作的途径也越来越多。例如Photoshop、Painter、Illustrator、CorelDraw、Freehand等二维绘制和上色软件，同时还有众多的动画专业软件，在这里就不一一介绍了。

无论是电脑上色还是手工绘制，我们都要保证对物象形体把握准确，色彩造型到位，形成一定的空间层次感。这些软件还可以模拟传统绘画的一些基本技法，例如在Painter中，可以利用水粉、水彩的一些笔触和色彩的特性对画面进行修改，同时也可以轻松地将油画的这种表现技巧通过软件的执行手段附加上去，使得画面更加完美。当然，除了电脑上色之外，软件还可以通过各种不同的材质的附加来改变画面的颜色和纹理，使其产生一种特殊的视觉效果。正因为电脑上色和处理的手段多样，使得现代的绘画方式更加多样，我们可以在掌握水粉、水彩、油画的基本特性之后，将其各种功能和技巧通过新的组合方式融合在一起，形成一种新的风格，运用在不同的场景和商业运作中，如图3-20、图3-21所示，为部分优秀插画师作品，仅供大家参考。

五、其他

色彩的表现形式除了水粉画、水彩画、油画、电脑着色（CG插画）之外，还有马克笔、拼贴剪纸、彩铅笔、有色粉笔、蜡笔等。马克笔通过特有的块状半透明的笔触去表现色彩之间的关系，塑造物体的空间与层次感；拼贴与剪纸是一种特殊的色彩表现形式，如动画片《葫芦娃》，运用剪纸的效果和色彩的层次关系形成别具一格的动画风格；彩铅笔和有色粉笔、蜡笔是色彩表现最为简洁的形式，虽然不如水粉、水彩等表现得细致，但也可以快速基本地表现出一种大体的色彩关系，在现代的设计中，有人会用这种方法来快速表现自己的想法以及设定作品的色彩。

总之，不论是水粉、水彩、油画还是其他的一些表现形式，我们要记住最根本的准则——这种表现形式是为了自己的创作需要、自己设计的主题的需要而选用的，在进行动漫创作时，选用什么样的表现方式，以及要得到什么样的效果，运用什么样的色彩关系去烘托作品的主题，这才是我们学习的关键。

图3-20 翁子扬 CG插画

图3-21 秦展 CG插画

第四节 ///// 色块与色调的训练

在学习动画色彩的过程中，色彩的训练自然是一个不可缺少的过程。对于动画色彩的训练，我们有多种途径去练习以及作相关的尝试。例如，可以用水粉颜料、水彩颜料、油画颜料、油画棒、彩铅笔、蜡笔等进行习作。如果条件允许，也可以将数位板和电脑结合起来使用，在电脑里运用软件进行色彩搭配的训练，但这一节中，我们主要还是介绍一些传统的色彩训练方式，以静物为主，方便后面的学习。

一、色调的明度训练

1. 明度的对比

色彩之间的明度差别形成的对比，称为明度的对比。明度的对比是画面形成恰当的黑、白、灰效果的主要手段，在视觉上对色彩层次和空间关系影响较大。例如柠檬黄明度高，蓝紫色明度低，橙色和绿色属中明度，红色与蓝色属中低明度。

色彩的明度对比主要包含两个方面的内容：一是色彩本身明暗关系形成的对比。二是色彩加入黑、白两种颜色后形成的明暗对比。色彩明度对比

的目的是要求色彩的空间层次丰富，色彩的视觉效果好。我们可以根据明度呈现的不同层次、明度对比的强度、物象的色彩倾向和色彩关系，来确定画面的高、中、低色调以及各物体之间形成对比关系的强与弱等。无论是在传统绘画中，还是在现代的设计中，明度的对比都处在相当重要的位置，明度对比的强与弱，可以使受众对作品产生不同的视觉感受。不管怎么说，在色彩明度的对比练习中，我们尽量地塑造色彩层次和画面的空间关系，使色彩的调配关系正确，色彩的效果好，自然给人一种视觉的享受。如图3-22所示，灰白色的房顶与白色的墙壁与远处灰蓝的天空，构成了鲜明的对比，这种不同明度的色彩变化，使得画面的色彩层次更加突出，空间关系更加明了。而图3-23果盘里的橘子、树叶、衬布呈现出不同的色彩倾向，这种色彩倾向使得画面的色彩关系鲜明突出，而创作者利用不同物体本身的明度变化塑造物体的空间感，加强了画面的色彩的节奏感，这才是创作者的高明之处。

2. 明度的调和

色彩的明度是将物象色彩相同的或相类似的颜色加以简化、概括、归纳成同一明度的空间，使物象的色彩在整个画面中协调与统一。如果是色彩

图3-22 吴德隆 船埠

图3-23 刘寿祥 鲜果 （一）

个作品中对比，并与其他的色块相互协调，增强了画面的温馨和宁静感。

图3-24 [美] 丁绍光 舞

明度高、纯度低的配色，色相可以是同类色、邻近色或对比色，这种配色使画面产生明亮、轻快、柔和的感觉；如果是色彩明度中低、纯度低的配色，色相不限，这种配色均产生中间灰调，色感不强，缺乏力度的感觉，应用于画面时，可适当点以纯度高的小色块加以对比、提醒，以此增加画面活力之感；色彩的明度低、纯度高、色相不限的配色，可产生浓重暗色调，给人以沉稳庄重感，画面用这种色调时，若在局部以高明度或高纯度的色块予以对比，可增加画面的生气与跳跃感。如图3-24所示，背景的色彩明度低，与画面中高纯度的红色色块相对比，增强了画面的跳跃感和趣味性，使得整个作品充满了生机。图3-25，不同面积的白色色块在整

图3-25 陈守义 大学生

【作业安排】

（一）作业练习

课堂内完成两幅色调明度训练作业（8开纸、自选题材或由教师提供写生静物）。

（二）作业练习的前提要求

1.理解色彩明度对比和明度调和各自的特征。

2.尝试不同的表现形式进行写生或是创作。

【练习示范】

对于刚刚入门的练习者来说，了解正确的作画步骤是非常必要的，可以使练习变得简单而容易，在此，我们一起来了解一些基本的作画步骤。

示范一：色彩的明度对比

步骤（一）：在水粉纸（其他绘画用纸）上用铅笔勾勒出物体的基本形，这时要注意画面构成的各项因素，避免出现头重脚轻或偏重等视觉心理。

步骤（二）：用单色给物体铺上大的明暗，以便作画的进程中把握物体的空间关系。

步骤（三）：铺上画面中最重的色彩和次重的、较亮的色彩，画面中陶罐、蓝衬布、白衬布之间的色彩关系快速地被拉开，使复杂的画面简单而容易。

步骤（四）：深入刻画，对画面中的物体作主次的处理，使得画面的主体突出。

步骤（五）：进一步深入刻画，对物体的边缘线、高光、反光、投影等深入地刻画，达到自己满意的效果。

   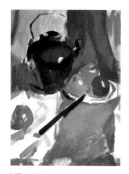 

步骤（一）　　步骤（二）　　步骤（三）　　步骤（四）　　步骤（五）

示范二：色彩的明度调和

步骤（一）：用铅笔勾勒物体的形体结构。

步骤（二）：用单色表示物体大的明暗关系。

步骤（三）：用色彩去处理大的色彩关系（明度对比的练习示范较为整体，而该组练习是从色彩的中间色调画起，练习者可以根据自己的喜好选择相应的作画步骤）。

步骤（四）：深入刻画，对画面的色彩关系进行深入处理，使画面有一个大的色彩关系。

步骤（五）：进一步深入刻画，突出物体的空间关系。（在明度调和练习中，注意各色彩之间的协调性，充分展示客观色彩和主观色彩之间的关联。）

【参考作品】

如图3-26所示，是两组明度对比较强的色彩作业。黄色是明度最高的色彩，但是在色彩的使用中，它却具有不同的功能，当黄色调与其他的颜色调和后，颜色容易变灰，原有的明度也大大地降低。如图3-26左图，当衬布的颜色混入黄色时，两条衬布的色调便倾向于灰。图3-26右图，作者有意强调了黄色的色调，橙黄与橘黄的衬布，加上土黄的陶罐，形成了系统的同类色，而这种同类色在画面的色调处理中，是较难把握的，黄色的色调普遍较高，很难拉开物体之间的层次感，作者在练习时并没有将这种物体的颜色直接表现，而是采取了根据光线的变化和周边物体环境色的影响，降低物体色彩的明度的方法，从而使得画面统一协调。

图3-27、图3-28为同一组作业，都强调了色彩的关系。画面的色调明亮艳丽，充分地运用了黄色的明度效果，用同类色的组合使色彩的对比更强烈，作者用清晰的大色块拉开了画面的层次关系。

步骤（一）　　　　　步骤（二）　　　　　步骤（三）　　　　　步骤（四）　　　　　步骤（五）

明亮的白色衬布与紫灰、黄色的衬布形成鲜明的对比，显现出一种明快的节奏感。图3-27、图3-28虽然是同一组静物，但画面上所呈现的效果又截然不同，图3-27大大地降低了衬布的明度，而图3-28较图3-27，在明度上略高。不管采取哪一种处理方式，始终要记住：保持画面的色彩平衡感，使画面协调统一。

图3-29色彩感觉冷静，通过微妙的色块组合，静物与布纹的走向形成了一种较强的穿插关系。画面看似轻松，但严谨的造型和复杂的色彩关系，需要作者具有一定的分析能力，来梳理画面的色彩关系以及形体的塑造。作者通过色彩的变化来处理物体的轮廓，弱化物体的投影，根据物体的形体走向运笔，在衬布的处理上令人感觉轻松洒脱，但在静

图3-26 霍立啸

物的形体结构上又极为严谨，在降低衬布的明度的同时，加大力度保持其他物体的明度与纯度，使得画面的层次关系清晰明了。

在写生的过程中，色彩的倾向过强或者过弱都会影响到画面的空间层次感。如图3-30，作者大胆地降低了黄色衬布的明度，利用光线的变化和物体的固有色，加大物体与衬布之间的对比，拉开了画面的色彩层次感。在绘画的过程中，大面积的黄色是许多练习者较为头痛的问题，黄色的明度高，不容易拉开色彩的关系，而在本作品中，作者根据光源的变化，大胆地降低其明度，使得整个画面协调统一。

二、色调的纯度训练

两种以上色彩组合后，由于纯度不同而形成的色彩对比效果称为纯度对比。色彩的纯度对比是由于色调中各色相的纯度差别而形成的，既可以体现在单一色相的不同纯度的对比中，也可以体现在不同色相的对比中。纯红和纯绿相比，红色的鲜艳度更高；纯黄和纯黄绿相比，黄色的鲜艳度更高。当其中一色混入灰色时，视觉可以明显地看到它们之间的纯度差。黑色、白色与一种饱和色相对比，既包含明度对比，亦包含纯度对比，是一种很醒目

图3-27 杨学

图3-28 仇宝龙

图3-29 延杨红

图3-30 黄福政

幅作品中，作者运用纯度的变化将整个作品统一在整个格局中，画面温馨而浪漫。图3-32，鲜艳的红色与其他的黄色形成强烈的对比，这种纯度的对比让画面的内容与形式更加醒目。

图3-31 [美]丁绍光 温暖

的色彩搭配。在绘画与设计中，我们通常混入黑、白、灰来降低色相的纯度，也可以通过混入该色的补色来实现。

　　任何一种鲜明的色，只要它的纯度稍稍降低，就会表现出不同的相貌与品格。纯度高的色块生动、活泼，纯度低的色彩显得模糊、沉静。同样，如果两种色彩纯度较高，组合对比后相互起着抵制、碰撞的作用，容易使人感觉刺目、俗气、幼稚、原始、火爆。在色彩设计中，纯度对比的好坏是决定色调感觉华丽、高雅、古朴、粗俗、含蓄与否的关键，其对比的强弱程度取决于色彩在纯度等色差上的距离，距离越长对比越强，反之则对比越弱。如图3-31所示，红色、绿色、蓝色、黄色所形成的色彩对比，使画面的色彩丰富而统一，而在通常情况下，红绿的搭配是较难处理的色彩关系。在这

　　任何的色调，无论如何对比，最终在画面上，都有一个要求——色彩协调统一，使人在视觉上感觉和谐。色调的调和，是从色彩的明度、纯度、冷暖、面积的大小等诸多方面进行比较，在现实的创作过程中，有人通过混入同一色使整个画面达到一种大调和。这种做法似乎过于简单，色彩的调和主要是一种主色调为主，其他色调为辅的方式，利用色彩之间的明度、纯度、色相本身的对比来拉开物体与物体之间的空间关系，同时它又用一个大环境里的环境色来作调和的介质，使画面看起来达到某种意义上的调和。如图3-32所示，画面上黄灰、青灰之间不断地形成对比，而在整个画面中，黄暖的色调作为一种大的介质使整个画面的色彩融合在一起，更加突出作品主题的内容气氛。

【作业安排】

（一）作业练习

　　课堂内完成一幅色调纯度训练作业（8开纸、自选题材或由教师提供写生静物）。

图3-32 陈逸飞 占领总统府

步骤（一）

步骤（二）

步骤（三）

步骤（四）

步骤（五）

（二）作业练习的前提要求

1.了解各种色彩纯度之间的差异和搭配的规律。

2.尝试用不同的表现形式进行写生或者是创作。

【练习示范】

步骤（一）：铅笔稿（注意构图、物体的基本形）。

步骤（二）：单色稿（建立单一的色彩明暗关系）。

步骤（三）：初步色彩关系（对画面的色彩作大的概括，建立初步的色彩关系）。

步骤（四）：深入刻画（对各物体的色彩作进一步的了解，建立大的空间关系）。

步骤（五）：进一步深入刻画（对物体的受光面、暗面、中间色、高光、投影、反光等进行深入细致的刻画，最终使得画面的各种色彩关系、空间关系合理得当）。

【参考作品】

图3-33所示为学生的课堂作业。鲜花、白色的瓷罐、玻璃杯、果子、黄色的衬布的色彩纯度都较高，加上适量的灰色，纯度降低，整个画面色彩层次清晰，色调和谐，给人强烈的厚实感，色彩典雅、古朴大方。画面的色彩关系微妙，背景、衬布和物体之间的色相明确，在弱化各物体的纯度之后，画面更加和谐，而又具备各自的特征。作者运用厚实的技法，充分地运用光影的变化来塑造物体

图3-33 黄成坤

的空间感，加入适量的黑白灰与其他的颜色来降低画面中各物体的纯度，使整个画面处在同一个色调中。但这种练习方法要注意黑白两色的应用，过多地运用白色，画面会给人感觉"粉气"；过多地运用黑色，画面又会给人感觉"焦与糊"。在纯度的练习中，要注意黑白两色的适当运用。

如图3-34所示，降低衬布与背景的纯度，保持花的明度，使画面的色彩关系简单明了，空间感较强。而图3-35，画面形体塑造厚重有力，色彩变化丰富，色块对比鲜明，大面积白色破碎的石膏像不仅没有使画面产生粉的感觉，还使得原本单调的画面丰富多彩起来。作者充分地运用了光线与环境色的影响，对物体的形体进行了深入的刻画，对色彩进行了全面的分析，使得画面整体色调协调统一。

图3-34 罗峰　　　　图3-35 陆绍华

三、色调的冷暖训练

在现实生活中，每个大品牌的服装除了造型各异之外，在大的色系里也有着本质的区别，色彩的搭配非常独到。你可能没有足够的金钱去购买这些奢侈品牌的服饰，但这并不影响每个人对美的追求，只要懂得搭配，选择款式、色彩相对较好，价

钱便宜的衣服同样可以搭配出更好的效果来。

对于色彩的搭配，在没有把握的情况下，我们可以先将眼前的素材反复地摆弄，这样有可能发现素材本身的色彩，从而找到最佳表现形式，需要对各颜色的选择与搭配进行试验，训练眼睛对色彩之间视觉关系的了解与分辨，产生经验。

对于色彩的冷暖的练习，大多数人都先以静物写生为主，静物写生多数在室内进行，这便于初学者和练习者掌控光源，观察对象，把握色彩的冷暖，塑造物体的结构和画面的空间关系。室外光源基本属于冷光，这种冷暖变化受阳光光照的强度的变化而变化，在强烈的阳光下，光源为暖色，阳光弱，光源便为冷色。室内灯光可以根据训练的需要来设置光源，但大多数都采用日光灯（光源为冷色）进行写生训练，冷色的光源便于学生理解和把握静物的色相；如果室内写生，光源设置为暖色时，静物的色相在一定程度上会受到相关的影响。

1. 冷暖色调的练习

在动漫设计中，其实对于色彩的冷暖训练是有多种途径的，在这里为了方便整体教学，本书选择讲述一些传统的训练方式。传统的色彩练习，无非就是通过色彩的临摹、写生来达到一定的高度，这种色彩冷暖训练的方式可分为水粉画、水彩画、油画等，途径可分为静物、风景、人物。对于色彩冷暖的初期练习，我们可以从色彩静物的练习开始。

静物的素材非常广泛，从陶瓷、金属、玻璃、塑料质地的器皿到各种水果、花卉、蔬菜以及各种质地的编织物、动物标本、生活器具等，都可以用作传统静物画描绘的对象。静物大多以人为的方式构成，艺术家总是按照自己的意图进行布置和摆放调配。

静物画写生是进行色彩造型和技法训练的有效手段，通常我们把静物写生作为色彩造型训练的基础，因为被表现的物体处于静止的状态，物体所反映出来的光源色、环境色相对比较稳定，便于初学者仔细地观察与深入地分析色彩的属性和规律。同时，也便于学习者对静物形体的简化、变形、概括、提炼等进行创新，这种训练的方式与过程，将会应用于动画角色、场景造型等各个方面。

一幅优秀的色彩静物写生作品必然有其独特的色调倾向，那种杂乱无章、各自为政的色彩作品是不会引发人们的美感的。在一组静物中，我们如何感受或"找到"这种大的色彩倾向呢？在写生训练时，有时我们注视对象，感到色调的倾向不是很明显，这时需要大家采取整体观察和反复比较的方法，抓住一组物体的基本色调。例如，在图3-36、图3-37中我们首先感受一下静物的大块颜色，了解衬布与物体、物体与物体之间的色彩大小比例，以及它们之间的色彩冷暖关系。通过这种反复比较，我们能明确占据画面大面积的是暖色还是冷色，进而决定画面的主要色调。静物的摆布与组织，通常是在以大面积的具有某一色彩倾向的衬布或物体占据主控位置的基础上，配以具有其他色彩的一些小面积的衬布，以此与物体产生对比关系，从而活跃画面。

图3-36 王维军 橙汁与水果(冷色调)

图3-37 王维军 橙汁与水果(暖色调)

在静物训练的过程中，我们应该注意培养以下几种能力：

（1）不断提高色彩明度、纯度、冷暖的变化能力。明度、纯度、冷暖是色彩的基本要素，几乎所有的色彩语言都与此有关，三者的自身变化和交叉变化才使画面色彩绚丽。

（2）捕捉光色变化的能力。自然光较难把握，一天当中早中晚的色彩各有不同，它是变化最多的光。即使同一时间段，光色变化也是瞬息万变。利用室外光写生能够很好地训练捕捉光色变化的能力。

（3）通过色彩的纯度变化、冷暖变化表现空间的能力。空间表现是色彩写生中的一大难题，除了运用素描关系表现空间以外，大家更要充分利用色彩冷暖关系表现空间。一般规律为：冷退暖进（色彩的冷暖）、灰退鲜进（颜色的鲜灰）、湿退干进（水分的多少）、薄退厚进（颜色的薄厚）、疏退密进（概括、细节少的往后，变化多、细节丰富的往前）、弱退强进（对比弱、边缘弱往后退，反之往前）。

（4）利用色彩来表现背光部的能力。背光部的颜色较难判断，室内灯光与自然光之间有着很大的区别，自然光从早到晚所呈现的色温也不一样。我们在训练的过程中，要善于把它放到整体中来比较，背光的颜色主要取决于光源，如果光源为冷色，静物的受光面的色彩偏冷，背光面偏暖；如果光源为暖色，静物的受光面为暖色，背光面偏冷。

（5）形色结合的能力。静物写生过程中，一般都直接画，要求以色来塑造形体以及画面的空间关系，这里的形与色是紧密相连的，同一形体因受光线的影响而呈现出不同的色彩关系，而色彩的变化使得物体的形状更加突出。形色结合是大家在静物色彩冷暖训练中应具备的基本能力。

以上是色彩静物写生所需注意的一些问题，对于色彩的冷暖，我们之前就提到过，色彩的冷暖是相对的。在孟塞尔的色相环中，蓝色为极冷，蓝紫和青绿为冷色，紫和绿为中性微冷色，紫红和黄绿为中性暖色，而红和黄为暖色，橙为极暖色。画面的基调的偏向就由大的色彩关系来决定其冷暖的程度。

2．冷暖色调的混合练习

除去冷暖色系具有明显的心理区别以外，色彩的明度与纯度也会引起色彩物理印象的错觉。一般来说，颜色的重量感取决于色彩的明度，暗色给人以重的感觉，亮色给人以轻的感觉。纯度与明度的变化给人以色彩软硬的印象，淡的亮色使人觉得柔软，暗的纯色则有强硬的感觉。冷色与暖色除去给我们温度上的不同感觉以外，还会带来其他的一些感受，例如重量感、湿度感等。比方说，暖色偏重，冷色偏轻；暖色有密度强的感觉，冷色有稀薄的感觉；两者相比较，冷色的透明感更强，暖色则透明感较弱；冷色显得湿润，暖色显得干燥；冷色有很远的感觉，暖色则有迫近感。如图3-38、图3-39所示，图3-38的色彩相对图3-39较为冷，色彩较暗，画面给人感觉深远、强硬，这与作者的构图具有一定的关系，但这种冷色调的走向也使得画面更加深远，而图3-39，作者采用淡的亮色与暖调子进行创作，整个画面给人迫近感、温馨感。

在现代的设计中，人们通常使用明亮的冷调让一个空间变得宽敞，用暖色调使空间更加温馨，这是因为暖色有前进感，冷色有后退感。每一幅画一定要有一个主要色调，就像每一曲音乐必须有一个主旋律一样。所以在用色彩进行绘画时，不要盲目地任意涂抹颜色，而要事先想好，使画面形成一种什么色调，选用哪几种颜色，颜色之间的色相、明度是如何搭配的。只有把色彩的理论知识运用在实

际绘画中才能画出好的作品。

色彩的冷暖变化不管是在绘画中，还是在设计中，应用非常广泛。随着近些年来影视艺术发展速度的加快，色彩也被更进一步地深化与优化。影视艺术不仅通过声音来刺激人的大脑，更多地通过画面色彩的变化刺激人们的心灵，达到一种共鸣，这就更需要做好色彩的训练。

艺术是一种演化的结果，是数千年来由诸多的艺术家积累起来的经验结晶，除了满足大众的审美之外，还方便与大众交流。我们总希望通过教学的途径让同学们了解艺术的特殊规则，创造性地、自由地选择适合自己的思想、自己的个性、自己的主张、自己的智慧的表现方法。然而每个人的思维均存在差异，导致色彩训练的进程与结果也会发生巨大的变化。那么，在冷暖色彩的练习过程中，我们需要了解和把握几个问题：

（1）通过色调来描述自己对画面的认识，表达自己的情感，通过色彩冷暖变化来表现物体的空间。如果画面缺少冷暖的对比与变化，那么画面就会缺少色彩的跳动感，比较呆板、闷。

（2）充分利用色相对比、明度对比、纯度对比、冷暖对比、补色对比等对比因素来处理画面中各物体之间的关系，最终使画面达到统一协调。

（3）不要因为片面地追求色彩的丰富而破坏整体的单纯性，不要因为片面追求条件色而使固有色面目全非。这是作画者经常容易出错的一个地方。

（4）充分利用白色和水这两种媒介，协调画面的各种层次关系，"粉气"不等于"粉味"。

（5）充分将物体的形体特征与色彩紧密地结合起来，用自己最为擅长的手段去表达物体的个性和自己的认识。

【作业安排】

（一）作业练习

课堂内完成两幅色调冷暖训练作业（8开纸、自选题材或由教师提供写生静物）。

（二）作业练习的前提要求

1.色彩的冷暖是相对的，掌握各色彩冷暖特性所带来的空间感。

2.尝试不同的表现形式进行写生或是创作。

图3-38 干子刚 京杭大运河　　图3-39 潘鸿海 印象西溪

3.了解一定的空间和层次关系。

【练习示范】

步骤（一）：铅笔稿（注意构图、物体的基本形）。

步骤（二）：单色稿（建立单一的色彩明暗关系）。

步骤（三）：初步色彩关系（对画面的色彩作个大的概括，建立初步的色彩关系）。

步骤（四）：深入刻画（对各物体的色彩作进一步的了解，建立大的空间关系，着重处理画面的冷暖色彩，加强冷暖色彩的对比或调和）。

步骤（五）：进一步深入刻画，使画面的冷暖关系处理得当（对物体的受光面、暗面、中间色、高光、投影、反光等进行深入细致的刻画，并对色彩之间的相互影响进行分析和深入刻画，最终使得画面的各种色彩关系、空间关系合理得当）。

步骤（五）

【参考作品】

色彩的冷暖是相对而言的，图3-40是学生课堂作业。图3-40左图相对右图而言，它的色彩略暖，而在我们对色彩正常的认识中，图3-40左图的色彩又属于冷色系。人对色彩冷暖的认识是一种心理反应，在不同的环境中，对色彩的冷暖认识略有差别。作者在处理下图的色彩关系时，降低了色彩的明度和纯度，充分地利用灰色作中间媒介，将画面统一于一体，大的色调倾向于冷调子，而根据光线的变化对画面冷暖关系作相对应的调整，充分运用同类色调达到高度一致。作者对色彩的概括能力较强，善于运用灰色处理画面的灰面与暗面，在技法表现和造型上又较为严谨，使得画面的层次更加丰富。

步骤（一）

步骤（二）

步骤（三）

步骤（四）

图3-40 钟滔

图3-41这两幅作品都充分地利用了色彩的冷暖进行对比，强调色彩的冷暖关系，运用颜色之间的相互影响来增强色彩的层次感，画面的色彩浓烈而鲜艳，具有一定的广告色彩倾向。图3-41右图为

以暖调表现的作业，光源的变化与大面积暖色的衬布给人整体较暖的感觉，作者的主观感受决定了画面的色调倾向。在动漫色彩的学习和练习中，主观感受带有一定的情感倾向，往往非常重要。这也是动漫设计的重要特征，如果只是一味地按照自然的现象去描绘，那就失去了动漫独有的创造性和趣味性。

图3-41 梁颖

四、色彩的均衡训练

色彩的均衡是写生和创作中色彩布局的一种方法。均衡不是等量对称，画面中形状、大小、明暗不同的色块在各种对比、变化的情况下所呈现出的稳定感，称为色彩的均衡。均衡分为对称性和非对称性两种。

就写生而言，整个画面中的色彩布局是冷暖、强弱、大小、明暗等因素反复交错、相辅相成作用的结果。具体到一组静物来说，画面中必然有物象形体高低、质感、固有色等差别。从表现的角度来衡量色块的差异，色彩的布局不能偏于一方，应以画面的均衡中心为依据，既作强弱、冷暖的比较，又顾及色块的平衡配置。这样的色彩均衡是从整体的、全面的关系加以比较，从色量、色阶、纯度的对比中获得的。由于思想上潜意识的影响，视觉形象的重量感也是不同的。建筑物、山石感觉重，而轻云薄雾、水中倒影感觉轻。在色彩布局中要对重量感有所侧重，如果近景是画几条渔船，那么远景或中景就要点缀码头或船帆的倒影，使之在形状与色相上产生对比，而在色调上有一种呼应、均衡，在构图上形成层次和节奏，避免孤立的缺乏联系的色彩关系。

对称性，是指画面中有轴心或骨架，基本形状

在其上、下、左、右四个方向，物象位置对称性平衡，是在构图和色彩中最容易达到的一种平衡。其特点是单纯、有序，有着强烈的安定、平稳感，适于表现端庄、肃穆的主题风格，但有时过于死板，不适合表现生动、活泼的主题风格。

非对称性，是指画面上的形状、位置、方向、色彩等元素都不是平均、对称的，而是在相应的变化中建立一种相对平衡的内心感受。它是多种元素的组合，因此，具有相对性、更多的变化和生动性。在色彩的写生中大多使用非对称式的均衡，就是依靠画面、色彩在整体布局中通过对比、削弱、交织、渗化而产生的均衡，是一种视觉上的均衡。

在绘画、雕塑等艺术形式中，更为常见的并不是对称的结构，而是非对称的布局。比如在静物的绘画中，总会将不同形状的物体放在一起。如图3-42所示，这样看起来才真实自然。即使是单个苹果，也不可能具有完全对称的外形，因为自然界不存在这样的苹果。那么，我们在非对称性的色彩中应该注意什么呢？

（1）在非对称性均衡的练习中，注意物体明暗的表现。当物体与物体之间的构图形成，我们应该充分地利用色彩鲜浓的面积去调整各个物体之间的位置变化。如色彩静物写生中的陶罐，色彩的高光在画面中所处的位置总是非常小的，而重的颜色或者是暗的颜色肯定比高光所占的位置要大，如果我们会安排画面，只需要将高光放置在合理的位置上，即可以达到一种视觉上的平衡。

（2）当画面某些色彩面积比例很大，还不能达到平衡的感受，小面积的色彩可以通过加强自身的肌理效果来表现，达到一种视觉上的平衡。

（3）大多数的情况下，冷深色的面积大于暖浅色时，画面容易达到均衡的视觉效果。其实色彩的冷、暖、鲜、浊、灰都是相对的概念，在设计色彩时，最为关键的是建立色彩关系，而不是绝对的使用。在进行均衡的练习时，我们可以通过对色彩的一些基本特性进行归纳和总结，对画面的颜色进行提炼、比较，使之与整个画面相互协调，达到统一的效果。

（4）当画面以强烈的补色对比为基调时，我

图3-42 塞尚作品

们可以考虑调整面积的大小，使其达到视觉上的均衡。如果画面需要这种补色的高纯度时，我们可以通过调整其他元素作大量的调和。最为简单的方法就是取用勾勒物体的轮廓线，使双方区分开来。在补色的画面中，我们尽可能地去调和它们，而在调和中又形成对比。

（5）通过调整画面的空间、前后的色彩关系，或通过降低色彩的明度、纯度，使画面达到一种均衡的状态。

【作业安排】

（一）作业练习

课堂内完成一幅色调均衡训练作业（8开纸、自选题材或由教师提供写生静物）。

（二）作业练习的前提要求

1.了解画面的构图与布局以及色彩的一些基本特性。

2.尝试不同的表现形式进行写生或者是创作。

3.具有一定的空间感，注意画面构图与色彩的均衡。

【练习示范】

步骤（一）：铅笔稿（注意构图、物体的基本形）。

步骤（二）：单色稿（建立单一的色彩明暗关系）。

步骤（三）：初步色彩关系（确立各物体之间的初步色彩关系）。

步骤（四）：深入刻画（各物体之间有个大的色彩空间感和色彩层次）。

步骤（一）

步骤（二）

步骤（三）

步骤（四）

步骤（五）

步骤（五）：进一步深入刻画，使画面的色彩关系协调一致（对物体的受光面、暗面、中间色、高光、投影、反光等进行深入细致的刻画，充分地发挥主观色彩和客观色彩之间的特点，使得画面在构图和色彩关系上都达到相对的均衡）。

【参考作品】

如图3-43所示，画面的构图生动有趣，色彩概括能力较强，无论是构图还是色彩都相互呼应平衡协调。画面的色彩简练干净，但也粗中有细，物体的形体塑造、空间层次、色彩层次关系，都在简洁的笔触中尽显轻松之色。习作者利用色彩本身的轻重感，在保持物体本身的色彩特征之外，加以主观的处理，突出物体的边缘，加强物体的形体塑造，使得画面统一协调，空间层次感强。

图3-44左图采用三角形构图，各物体在衬布的衬托下，形状感都特别明显。三角形构图是在绘画练习

图3-43　学生习作

中被经常采用的一种构图方式，最大的特点就是平衡度好。图3-44左图构图在色彩的处理上也较为主观，将白色衬布的纯度降低，加强环境色的影响，而鲜花的用色干脆利落，笔触洒脱，给人轻松愉快之感。而图3-44右图采用集聚式的构图，所有的物体都集中于一块，这种构图如果控制不好画面的疏密关系，容易给人造成不平衡的感觉。在紫、黄色衬布的影响下，画面集聚在一起的形体和丰富的色彩构成了画面的最佳视角，这种集聚的物体与周边衬布的起伏形成一定的对比，画面的节奏感较强。

图3-44　学生习作

五、色彩的呼应训练

色彩的呼应又称为色彩的关联，是为使同一画面中相关平面、空间、不同位置的色彩，相互之间有所联系避免孤立状态而采用的"你中有我，我中有你"相互照应、相互依存、重复使用的手法，从而取得具有统一协调、情趣盎然的反复节奏美感。色彩呼应手法一般有两种：

1. 分散法

将一种或几种色彩同时出现在作品画面的不同部位，使整体色调统一在某种格调中，如浅蓝、浅红、墨绿等色彩组合，浅色作大面积基调色，深色作小面积对比色，成为色彩的高长调类型。此时，墨绿色最好不要仅在一处出现，除了相对集中以外，可适当在其他部位作些呼应，使其产生相互对照的态势。但色彩不亦过于分散，以免使画面出现平板、模糊、零乱、累赘之感。

2. 系列法

使一个或多个色彩同时出现在作品、产品的不

同平面与空间，组成系列设计，能产生协同、整体的感觉。

对于色彩的关联，我们可以选择重点着色。在组配色调的过程中，想要改进整体设计单调、平淡、乏味的状况，增强画面的活力，通常是在作品或产品某个部位着重设置，突出其色彩，以起到画龙点睛的作用。在色彩写生的过程中，要使画面中的节奏以空间展开的形式来形成有规律、有秩序的编排与组合，必须通过明度、纯度、色相、冷暖、形状、位置、方向、大小、虚实、轻重等要素来形成一定的节奏感，使画面的色彩产生一种内在的关联。如图3-45所示，运用衬布的走向，青苹果在光线的作用下所形成的光影效果达到画面的节奏感，而图3-46则采用跳跃的红色打破画面的绿色色调，使画面具有浓烈的节奏感。

图3-45 郭振山 青苹果

图3-46 郭振山 罐子与水果

为了吸引观者的注意力，重点色彩的使用在适度和适量方面应注意以下几点：

（1）重点色的面积不宜过大，否则易与主色调发生冲突，失去画面的整体统一感；面积过小，则易被四周的色彩所同化，不易被人们注意而失去作用。只有恰当面积的重点色，才能为主调色作积极的配合和补充，使色调显得既统一又活泼，彼此相得益彰。

（2）重点色应选用比基调色更强烈或相对比的色彩。

（3）重点色的设置不宜过多，否则会使画面紊乱，破坏主次有别、井然有序的效果，产生无序、杂乱的弊端。

（4）在强调色调的时候，我们应同时注意与整体配色的平衡。

当然并非所有的作品都设置重点色彩来使画面产生关联，我们也可以通过改变画面的节奏，运用画面色彩的节奏变化来达到关联效果。

【作业安排】

（一）作业练习

课堂内完成一幅色调呼应训练作业（8开纸、自选题材或由教师提供写生静物）。

（二）作业练习的前提要求

1.运用色彩与形体所产生的节奏，使画面的色彩产生关联，形成节奏。

2.尝试不同的表现形式进行写生或是创作。

3.具有一定的空间感、节奏感，同时，注意保持画面统一的色调。

【练习示范】

步骤（一）：铅笔稿（注意构图、物体的基本形，如果大家对形体的把握较熟练，也可以直接采用单色线稿，即直接用单色来勾勒物体的基本形）。

步骤（二）：单色稿（建立单一的色彩明暗关系）。

步骤（三）：初步色彩关系（花卉的写生比较特别，为了保持花的鲜度，在画花时不宜多次修改，故在该步骤中把背景的色彩作了一个简单的处理，初步的色彩关系在心中要做到清晰明了）。

步骤（四）：深入刻画（对衬布之间的色彩关系进一步地刻画，使衬布、果子、花卉有个初步的呼应关系）。

步骤（五）：进一步地深入刻画，使画面的冷暖关系处理得当（对物体的受光面、暗面、中间色、高光、投影、反光等进行深入细致的刻画，并对色彩之间的相互影响进行分析和深入刻画，使得画面中的色彩你中有我，我中有你，最终达到整体统一与协调）。

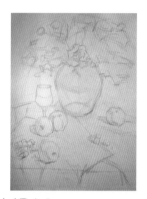

步骤（一）

步骤（二）

步骤（三）

步骤（四）

步骤（五）

【参考作品】

图3-47这一系列的习作，色彩丰富，画面的色彩层次感强，各种物体之间的大小、形状、色彩都形成一种穿插与呼应的关系。作者在习作的过程中，将各物体色彩本身的明度、纯度都作了相应的调整，并充分地运用环境色对物体的影响以及光线的变化，使画面的色彩在大体的色块上对比明显，在色彩的层次上又变化多样，使各物体的色彩产生一种必然的内在联系。这种主观色彩的应用，不仅加强了色彩的层次感，使得本来无生命的静物通过人为主观的处理，变得生动活泼起来，为设计色彩做了一定的铺垫。

图3-47 学生习作

图3-48这一系列的色彩习作，构图较为繁杂，物体的摆放较为分散，打破了传统的三角形构图。别致的构图能成就一幅优秀的作品，而作品的构图来源于发现，当我们面对静物时，应该多角度地观察，选择一个最利于表现画面的角度完成习作。一个好的角度和一个好的思路往往能激发人的灵感，不仅能准确表达物体之间的空间关系，还能自然地表现出流畅的色彩关系。图3-48整体上都采取了分台式的构图，画面根据布的走向以及静物台的转面作出相应的调整，在构图上使画面存在复杂的空间关系，而这种构图给画面带来了节奏感。在色彩处理上，自然随意，在尊重物体的固有色的同时，还加强光源色和环境色的影响，并没有因为大面积的色块使得画面沉闷而单调。这种有意识的构图具有良好的构图立意，简练的色彩处理使得色彩之间形成一定的呼应，并逐步拉开物体之间的空间关系。

图3-48 学生习作

第五节 ///// 动画色彩变调的训练

色彩的变调训练是以改变物象的色彩要素与色光关系为前提，根据作品的需要，组合多个自然物象的不同的色调训练，是设计和创作训练的一个重要组成部分。我们在前一节色调的明度、纯度、冷暖、均衡、呼应训练的基础上，再来转换我们的色彩观念。色彩的变调是一种更高层次的理性思维和表现形式，通过这样的训练，逐步改变我们对物象色彩的依赖，变被动为主动，并在创作与设计的过程中，更加主动地调动我们对色彩的感悟力和创造力。

在色彩的变调中，我们可以通过用不同的色调去改变自然界中物象的色彩来表达自己的感悟；我们可以根据自己的创作需要，对物象的色彩作任意的处理，达到设计创作目的。在变调的练习中，如何运用色彩的明度、纯度、冷暖、均衡等来作相互的调和，使画面达到统一，是我们必须考虑的问题。在该部分内容的训练中，我们可以突破前一节的静物色彩练习，尝试着将色彩与人的主观性紧密地联系起来，达到一种设计创新的目的。

一、动画构图与色调的处理

动画的构图与色彩是建立在传统的绘画基础之上，又和现代的设计紧密地联系在一起，在某种程度上说，它是一种主观意识的反应，也是一种客观事物的表现。动画的构图和色彩根据动画的整体风格、故事的情节、镜头的需要在不断发生变化，它是一种人为的操作，一种主观意识的表达。我们在作构图和色调的处理时，可以结合设计中的一些规律达到训练的目的。

1. 变化与统一

变化与统一又称多样统一，是形式美的基本规律。任何物体形态总是由点、线、面、三维虚实空间、颜色和质感等元素有机地组合成为一个整体。变化是一种智慧想象的表现，是强调种种因素中的差异性方面，能够造成视觉上的跳跃。统一是强调物质和形式各种因素的一致性，最能使画面达到统一的方法，即保持画面的构成要素少一些，而组合的形式丰富一些，变化与统一可以借助在无均衡、调和、秩序等形式法则上。用统一色彩调配的空间，使人感到稳重和安全，但也容易变得枯燥、乏味。换言之，单调、缺乏变化的空间并不富有感染力，也没有创造性。恰如其分的变化与刺激，会使人感到内心充实。

如图3-49所示，著名的水墨动画《山水情》，如以黑色和白色为主色调，表现出苍天、江水之间无限宽广的水墨空间，而在这种大的色调关系中，创作者不断地加以其他辅助颜色，空间关系更加简洁明了，同时，创作者把自然界中的物象简洁地概括并使其在画面中形成一种穿插，产生一种视觉上的空间感，当然这里少不了创作者笔触的运用，使其产生一种特有的水墨画的肌理效果，形成一种独特的风格展现于人们眼前，最终《山水情》这部水墨动画凭借这一艺术效果和动人的情节荣获众多国际大奖。当然变化与统一的表现手段有多种多样，可根据创作者自己的需要灵活运用其表现形式。

前面说过动画色彩的表现手段是多样的，我们可以根据自己的需要去选定，在这以经典的动画片《葫芦娃》为例，当然在现实生活中，我们可以举一反三，去操练这种变化的技巧。如图3-50所示，在《葫芦娃》这部经典的动画片中，创作者运用了中国民间的剪纸形成特有的艺术效果，通过画面物象之间的区别形成对比，并大胆地加以个人的主观颜色，将自然界中的物象加以改变，在视觉上形成对比，活跃了画面；同时创造者又通过物象本身的大小，强调画面的主体色，使其达到一种内在的调和，产生视觉的美感。

图3-49 《山水情》上海美术电影制片厂

2．对比与调和

对比与调和应用在动漫设计的构图和色调处理中。在构图上，不断地通过物象的物理属性和物理特征形成对比，并使这些物象的特征在同一空间里通过不同的穿插、高低次序、前后的空间变化等形成对立的统一；在色彩上，通过色彩的色相对比、明度对比、纯度对比、补色对比、冷暖对比、面积对比等在视觉上形成一种鲜明的对比，而又通过色彩本身的特性和创作者自身的主观颜色对画面的物象进行整体的调整，达到一种视觉上的共存现象。

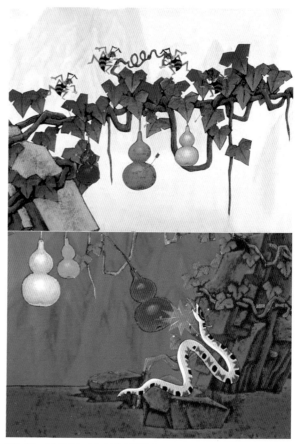

图3-50 《葫芦娃》上海美术电影制片厂

3．节奏与韵律

节奏是规律性的重复，在造型艺术中被认为是反复的形态和构造。韵律是节奏的变化形式，它变节奏的等距间隔为几何级数的变化间隔，赋予重复的音节或图形以强弱起伏、抑扬顿挫的规律变化，会产生优美的律动感。

节奏与韵律往往互相依存，互为因果。韵律是在节奏基础上的丰富，节奏是在韵律基础上的发展。一般认为节奏带有一定程度的机械美，而韵律又在节奏变化中产生无穷的情趣，如植物枝叶的对生、轮生、互生，各种物象由大到小，由粗到细，由疏到密，不仅体现了节奏变化的伸展，也是韵律关系在物象变化中的升华。节奏与韵律是画面调和的一种重要的表现手段，是一幅作品成败的关键。在动漫构图的过程中，我们同样可以借助形态的变化，使色彩产生跳跃感。按照自己的主观意识去组织画面，在动漫设计中最为常见，在众多动画片的场景中被经常用到。

如图3-51所示，上海美术电影制片厂的《哪吒闹海》，哪吒身上的混天绫随着动作的变动而形成不同的形状，经过创作者的主观归纳，使其产生的节奏感更加明显；而色彩的处理方面，创作者充分

地运用了哪吒身上的火尖枪、混天绫、风火轮等的红色给人带来跳跃感，活跃了整个画面，在色彩上独自形成一种节奏。

【作业安排】

（一）作业练习

课堂内完成三幅构图与色调的处理训练作业（8开纸、自选题材或由教师提供写生静物）。

（二）作业练习的前提要求

1.了解变化与统一、对比与调和、节奏与韵律之间的基本特征。

2.尝试不同的表现形式进行写生或是创作。

3.使得画面具有空间层次感和一定的形式美感。

【参考作品】

在色彩的练习中，借助生活素材，利用简单的色块进行组合是必要的，可以使练习者获得交流自然色彩的机会，用清晰的思路表现构图与色彩之间的关系，用时相对较短，我们可以进行大量的实验，获得更多的色彩组合的经验，因此，这种练习手法用来作创作之前的练习是一种很好的途径，作品如图3-52所示。

图3-52 宋泉 水彩小色稿

在构图与色调处理的练习中，对画面的构图和画面色彩的协调性都应该作一个全面的分析，这种反复实验、反复练习的过程，可以使学生掌握大量的经验和实践的技能。图3-53为学生在练习过程中所作的小色稿，这种色稿不仅强调画面的色彩关系，而且注意画面的构图和各形体之间的呼应，为进一步的创作带来了更加直观的色彩表现和参照，在动漫创作的过程中，这种小色稿的引用也较为广泛。

图3-51 《哪吒闹海》上海美术电影制片厂

图3-53 宋泉 水彩小色稿

二、动画色彩的空间塑造

空间是具体事物的组成部分，是运动的表现形式，是由物象的形与形之间所包围的空气形成的一个空间的"形"。它是一个抽象的概念，我们很难拿它和现实中的实体相提并论；它也是一种抽象的形态，我们无法触摸。但作为一种介质形态存在，我们在视觉上还是可以肯定的。

图3-54 秦展 CG插画

对于动画的画面空间，无非是由角色、场景、光源、颜色等组成，可以通过强化物体之间的进深

度、透视规律、不同方向的画面穿插、物体多层次的对比和落差，以及镜头画面的组接等来形成特定的时空画面。当然，在现实的运用中，这种空间的塑造有着多种方式。如图3-54上图所示，作者通过角色后面薄纱的飘动在视觉上形成一种静与动的对比，形成特定的视觉空间，而下图中，作者又通过画面当中雨景的直线条打破画面平衡的空间，形成一种纵深感。正因为空间的塑造手段非常多样，我们可以从日常生活中得到启发，在设计创作中制造出更多的视觉空间，这完全是有可能的，因为视觉的空间也是由人们的生活经验所决定的。关于动画画面的空间塑造，我们将在后面的两章中作比较具体的介绍，在这里就不一一罗列了。

【作业安排】

（一）作业练习

课堂内完成两幅色彩的空间塑造训练作业（8开纸、自选题材或由教师提供写生静物）。

（二）作业练习的前提要求

1.了解色彩的特性、物体的空间关系，进行全面的归纳，自主地塑造画面的空间。

2.尝试不同的表现形式进行写生或是创作。

3.使得画面具有空间层次感和一定的形式美感。

【参考作品】

色彩的空间是借助一定的构图基础，运用各种形体之间的穿插关系、色彩的冷暖变化塑造一定的画面空间感。风景写生和风景练习对于动漫的场景创作以及理解画面的空间关系有一定的帮助，我们可以通过这种小色稿来作相应的练习，以便掌握更多的技巧与表现技法。如图3-55所示，作者通过对形体的归纳，以及色彩的块面处理，用简洁的色彩快速地表现一定的空间层次，画面留给人们轻松愉快之感。

图3-56，作者利用速写与淡彩相结合的方式，使画面具有一定的空间层次关系。这种表现手法经常被职业动漫创作者所采用，不仅大大地缩短作画的时间，而且画面简洁大方、一目了然，体现了作者高度的概括能力，借助色彩的场面与物体的轮廓线突显画面的空间层次以及穿插关系，给人感觉整体一气呵成，自然流畅。

图3-55 宋泉 水彩风景色稿

图3-56 宋泉 水彩风景色稿

图3-57左图作者运用简洁的线条、丰富多变的色彩使画面充满了生机。色彩运用自由，充满了表现性，船只与山水、天空之间的穿插形成生动的对比，天空云彩富于动感，而山水之间的色彩又较为活跃。图3-57右图，作者不仅运用了这种奇特的空间构图，使画面具有一定的意境，在色彩的表现上，还充分地运用了水墨的特性，使人产生朦胧的意境。

【探讨与尝试练习】

下图为电脑绘画作品，大家如果有兴趣，也可以通过数位板来进行相关的练习，在练习之前，我们结合这一单元所作过的练习，来分析这一系列的步骤图。

（1）该组静物，你认为最难表现的是哪些？

（2）在绘画中的构图，你认为最美的是哪些构图形式？

（3）在色彩写生中，对于玻璃器皿你是怎么处理的？

（4）在该组静物中，两种不同的葡萄在画面中起着什么样的作用？

（5）画面中的三个玻璃器皿对画面各有什么影响？并分析一下它们之间的色彩关系。

（6）画面中的橘子摆放合理吗？为什么？

（7）你观察到每一步骤中的细微变化了吗？能

否说说其中的原因？

（8）为什么在最终的画面上，多了几个在之前步骤中没有的果子，能说说其中的原因吗？

图3-57 宋泉 水彩风景

步骤（一）

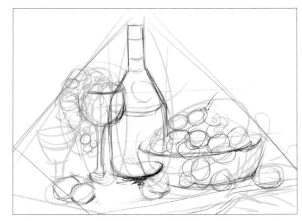

步骤（二）

步骤（三）

步骤（四）

步骤（五）

步骤（六）

步骤（七）

步骤（八）

本章小结

　　在现实生活中，任何事物都具有一定的发展规律，色彩也不例外。自然界里各种各样的色彩，无不形成各种各样的色彩关系。但这种色彩不是单一、孤立的，如何将大自然中众多的色彩通过不同的组织和处理形成一个统一协调的色调，这是我们急需处理的问题。本章介绍了色彩的观察方法，色彩的变化规律，以及色彩的一些表现形式，使得这些理论性的知识在色块与色调和变调的训练中起着指导作用。

思考练习

1.怎么树立正确的色彩观察方法？

2.在当前有哪些着色的方式？

3.如何塑造色彩的空间感？

第四章　动画色彩的个性与创意

第四章　动画色彩的个性与创意

学习目标：色彩除了具有物理特性之外，还具有一定的情感。在塑造物体的空间关系时，了解和掌握色彩所带的情感特征，有利于表达设计色彩和设计思维。通过本章的学习，我们的最终目的是能够快速地运用色彩的这些特性描述自己的创意，在自己的作品中展现出来。

教学要求：通过本章教学，学生能够快速地掌握色彩的一些基本特性，积极地去观察自然中的物象，并对其进行情感的加工，达到设计的目的。在教学中，应运用合理的评价手段，鼓励学生尝试不同的训练方式，进行个性练习或者创作，使设计思维进一步丰富，色彩的语言表达能力更加准确。

第一节 ////// 动画角色、场景的个性色彩

一、具象与抽象

具象与抽象，是从作品形象与自然对象的相似程度上去划分的作品风格。具象艺术其艺术形象与自然对象基本相似或极为相似，艺术形象都具备可识别性。希腊的雕塑作品、近代的写实主义和超写实主义作品，因其形象与自然对象十分相似，被看做这类艺术的典型代表。具象艺术广泛地存在于人类美术活动中，从欧洲原始的岩洞壁画，到文艺复兴时代的宗教壁画；从印度的佛教艺术，到中国的画像砖雕，都可以看到这类艺术作品，至今它仍是美术创作中重要的艺术风格，如图4-1、图4-2所示。

图4-2 韩非子 砖雕

抽象艺术指艺术形象大幅度偏离或完全抛弃自然对象外观的艺术。抽象艺术中的形象与自然对象较少或完全没有相近之处，中国的写意国画，在很大程度上也是一种抽象的艺术品。作为一种自觉的艺术思潮，抽象艺术运动兴起于20世纪初的欧美。无论抽象艺术还是具象艺术，都是人类美术史上长久存在的艺术形式，是人类创造的精神财富，能够表现人类不同的精神内容，创造出不同的形式感，给人以不同的审美享受。它们各自均拥有不可替代的美学价值。

至于抽象的色彩与具象的色彩，我们以中国画和西洋画为例来说。中国画色彩主流的趋向是：重彩—淡彩—水墨黑白（是从概括色走向抽象色）；

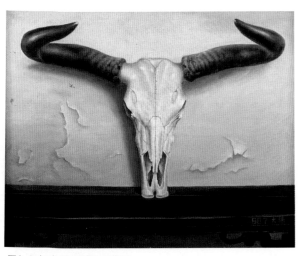

图4-1 何大桥 写实主义作品

而西洋画色彩在经历了写实主义的固有色、印象派的条件色、后印象派和马蒂斯们的概括色后，也出现了从具象走向抽象的趋势，然而他们抽象画里的主要色彩却不是黑白，而依然是彩色（是无法再约简的彩色原色）。

图4-3 凡·高 夜间咖啡馆

图4-4 杨明义 写意山水

色彩除了具有一定意义的表现功能之外，还具有模糊性和多义性的特征，从而能够唤起观者更为丰富多样的审美想象。由于不同人体验到的作品的意境不同，这种"不确定性"实际上是对读者审美想象力和审美创造力的一种调动。如图4-3所示，凡·高在《夜间咖啡馆》这件作品中，以红色与绿色的强烈对比表现了人间地狱般的画面气氛，强调一种痛苦、压抑、

扭曲及迷茫的精神状态，他已完全脱离了现实的色彩观念，采取主观的自我感受的色彩来进行表现。因此，从某种意义上来看，与其说凡·高是在画咖啡馆，不如说是对他自己精神状态的真实再现，色彩的表现力度可见一斑。图4-4利用人们对色彩的自然记忆或"色彩经验"（人们对自然中司空见惯的物象具有的一种相对稳定的色彩认识），产生丰富的艺术联想。画家在整幅画面的色调上并不完全追求物象色彩的真实感，而是以中国画特有的颜料"墨"来进行艺术表现，表达出艺术家自身对于山水的独特而鲜明的艺术感受。因此，尽管呈现出的是黑色的山，这种抽象的形与色仍能使人们感受到山的真实色彩的丰富性。

具象与抽象，作为一种艺术的表现形式，从动画诞生开始，就一直伴随着动画的发展与成长，动画创作人员也在不断运用这些艺术风格进行艺术创作，如图4-5所示，动画片《小蝌蚪找妈妈》采用了中国的水墨画表现手法，在色彩上不追求真实的客观色彩，而是用水墨淡彩这种抽象的色彩去表现各角色。《虫虫特工队》与《小蝌蚪找妈妈》采用的方法又截然不同，它尊重物体的客观色彩，注重光源对物体产生的色彩变化，连影片中的树叶几乎都仿真到与自然界中的相差无几。可见，在动画创作中，创作者都充分地运用了具象与抽象的艺术特点进行艺术创作，为影片带来不同的视觉感受。

图4-5 动画片截图

【作业练习】（作画步骤可参照本节练习示范）

（一）作业安排

1.课堂内完成一张8开纸自选题材，具象的、抽象的角色、场景色彩作业各一幅，不限表现手法。

2.课外了解和学习现代商业插画作品。

（二）作业练习的前提要求

1.理解具象艺术与抽象艺术的含义。

2.尝试不同的表现形式进行写生或是创作。

3.掌握各种色彩的组合方式，自主地运用各种色彩的特性，并具有一定的协调色调的能力。

【参考作品】

图4-6 翁子扬 CG插画作品

图4-7 罗峰 学生习作

图4-6为中国著名漫画家翁子扬先生的作品，他是当今中国水墨插画最为典型的代表。他借助大众传播的优势，对自身在插图、设计等领域的事业进行梳理。在发现数字艺术与中国画的相通之趣后，转而投入数字艺术在CG绘画平台上的探索之旅。他把水墨发挥到了近乎极致的地步，将水墨的技法以及水墨淡彩渗透带进了时尚漫画界，创立出一种属于中国自己的漫画画风——新颖、唯美甚至有惊为天人的效果。作者在创作的时候，充分地运用了水墨的特性，以及传统绘画方式的写实特点，将人物进行较为具象的归纳和表达，而在背景处理上又有点类似中国写意国画的风格，两者紧密融合，达到了一种唯美的视觉效果。

图4-7是学生平时的习作，作品通过对明星的特征进行提炼和概括，并大胆地进行夸张，配以简单色彩的搭配处理，使得这种抽象的漫画更具有吸引力。

二、积极与消极

积极与消极是相对人的心理而言的，在光谱中，其排列顺序（红、橙、黄、绿、青、蓝、紫）与色彩从兴奋到消极的激烈程度是一致的。处于光谱中间的绿色，被称为"生理平衡色"，以它为界限，可将其他各色划分为"积极的"和"消极的"两类色彩。

积极色——（欢乐）：红、棕、橙、黄等

消极色——（忧伤）：蓝、紫、黑等

图4-8 《再见萤火虫》 高畑勋

动画片的色彩个性不仅要靠故事的角色和环境作某种程度的烘托，还要借助故事的情节加以衬托。如图4-8左图所示，画面被大面积的蓝色包围，画面忧伤而压抑，虽然创作者用红色的布娃娃与角色的动作表情带动观众逃离这种忧伤的节奏，但影片的剧情又需要这种色彩关系带来的心理感受，始终采用这种忧伤的画面、灰暗的色调使故事的主人公处在悲凉的气氛中。而图4-8右图，碧海蓝天，画面通透，似乎让人忘却了这种忧郁感，但厚重的白云又将整个画面卷入忧伤中。在影片中，忧郁的蓝色调恰如其分地通过色彩衬托着故事的情节，将这种忧伤的剧情表现得淋漓尽致。

图4-9为上海美术电影制片厂的《雪孩子》，创

图4-9 上海美术电影制片厂 《雪孩子》

图4-10 《海尔兄弟》

作者充分地运用了不同层次的蓝、紫去描写一个童话般的故事。动画片本身快乐的气氛让观众几乎忘记故事的情景，直到雪孩子闯进火海救出小白兔，使影片剧增伤感。这种对比当离不开创作者对动画片的角色、场景以及色彩较好的把握，创作者在采用这种带有忧伤感的颜色时，就提前为影片的结尾埋下了伏笔。

如图4-10所示，国产动画片《海尔兄弟》，创作者大胆地在动画中运用了积极上进的颜色，这种积极的红色、棕色、橙色、黄色使整个故事情节健康向上，融知识性、趣味性于一体，引导小朋友树立正确的世界观、人生观。这种明亮欢快的色调也带给观众欢快的心情。

【作业练习】（作画步骤可参照本节练习示范）

（一）作业安排

1.课内完成一组积极与消极（自选题材）的色彩作品。

2.课后去了解和分析一些积极与伤感的动画片中的色彩倾向并说明其意义。

（二）作业练习的前提要求

1.能够运用不同明度、纯度、色相的色彩去描述作品。

2.可以通过环境与角色的相互作用表达色彩的积极与忧伤感。

3.尝试不同的表现手法。

【参考作品】

如图4-11所示，毕泰玮擅长画不同风格的作品，但其每一幅作品都会让人耳目一新。角色造型奇特，画面用色处理简洁大方，用绘画的表现技巧将角色与场景刻画得恰如其分。

图4-11 毕泰玮 作品

三、活泼与可爱

活泼与可爱原本是用来形容人的，但在现代的许多造型设计中，人们越来越多地把这一特性引入动画角色中，使其具有人的特点。活泼可爱体现在角色的形态上，既要具有简单的形式感，同时又要具有人的幽默感；从色彩的角度上说，几乎很难下一个准确的定论，但它具有一定的规律性，活泼可爱的色彩跳跃感强，节奏感好。

图4-12 《大头儿子小头爸爸》

《大头儿子小头爸爸》应该算是这一类的典

型代表了，影片中夸张的角色造型加强了故事的幽默感，强烈的色彩对比给画面带来了众多的活泼元素，纯度较高的色彩突出了大头儿子的可爱，如图4-12所示。正因为创作者采取了这种积极的色彩因素，使得大头儿子这么一个鲜明的角色形象深入中国广大小朋友的头脑中。同时，画面中明快的色调给动画片本身带来了温暖感，使其和观众的距离更近了一步。

图4-13 《米老鼠和唐老鸭》

《米老鼠和唐老鸭》这部经典的动画片，以及其中经典的角色形象，几乎无人不知。片中经典的角色，不仅在造型上更加人性化，如图4-13所示，在色彩的搭配上也充分地运用活泼欢快的对比色，使角色的个性更加鲜明。这对缔造动画界传奇的角色，凭着独特的造型、幽默的性格征服了无数观众。

图4-14 毕泰玮 作品

【作业练习】（作画步骤可参照本节练习示范）

（一）作业安排

1. 课内完成一组活泼与可爱（自选题材）的色彩作品。

2. 课外了解并分析这种类型的动画片的特点。

（二）作业练习的前提要求

1. 对这种类型现有的动画片进行分析和归纳。

2. 熟悉运用不同的色调进行对比调和实验，并体验这种实验带来的视觉感受。

3. 熟悉各种色彩的特性，自主地进行色彩组合。

【参考作品】

如图4-14所示，作者在创作时，充分运用表情动作突出角色的个性，同时借用色彩进行主观处理，使得画面生动活泼，极富跳跃感，视觉冲击力强。

四、古典与时尚

古典与时尚，这是一个在艺术界经常被提及的话题，因为随着历史的发展，各种艺术形态都在不断地发展变化，或者说进行着某种意义上的融合与革新。古典的色彩组合通常带有权威的意味，表示真理、责任与信赖，所以其色彩倾向为稳定、成熟、华丽，如金黄色、棕色、朱红等。而时尚的色彩则是随着时代的变迁不断地发生变化的，如强烈的对比色、近几年流行的粉色系等。

图4-15 《埃及王子》

图4-16 《梁祝》

《埃及王子》人物造型上最突出的特点——不惜"丑化"面容以发掘性格、摆脱概念化造型。另外，画面内色彩尽可能丰富多变，红头马、绿头马、黄盔甲、白裤子、棕皮肤以及红玉佩等造成层次分明、对比感强烈的效果。同样的例证还有母亲将摩西放入河流的一场，母亲蓝衣服、红头巾，姐姐红衣服，摩西的红布、棕色竹篮，背景的绿色植物，加之水光的镜面反射，整个镜头美感倍增。通过这种传统的古典色彩突出的埃及壁画，使影片更具风格魅力。如图4-15左图所示，这种浑厚的棕黄色暗示着古代埃及法老至高无上的社会地位，而图4-15右图，画面中的金黄色足够体现出宫廷内的华丽与富贵，这种传统的古典的色彩在现代的动画片中都一一地被搬上屏幕，让人感觉离我们并不遥远。

由上海美术电影制片厂与中国台湾合拍的动画片《梁祝》，偶像众多、时尚味十足，连人物造型也是参考了刘若英、萧亚轩的样子。导演蔡明钦解释说，萧亚轩的动感十足和刘若英的柔弱形象反差很大。这种古典和现代的融合，无论在题材上，还是在造型上，都带给人们无限的视觉感受。如图4-16所示，强烈的宝蓝色在任何一个古典色彩组合里都是中间装饰色，它是如此的醒目，就算和其他的色彩搭配在一起，也毫不逊色。又因为它接近绿色，能够唤起人们持久、稳定的力量感，特别是和它的分裂补色——红橙和黄橙搭配在一起。因此，我们在创作练习的时候，可以多结合现在市场上已有的模式，突破传统，争取得到一种创新的效果。

图4-17 毕泰玮 作品

【作业练习】（作画步骤可参照本节练习示范）

（一）作业安排

1.课内完成一组古典与时尚（自选题材）的角色、场景色彩作品。

2.课外对相关的动画片进行一定的解读与分析。

（二）作业练习的前提要求

1.了解不同时期色彩的特征与风格。

2.熟悉色彩的特性，并能准确地表达古典与时尚的色彩效果。

3.对不同区域、不同时期具有代表性的建筑和装饰风格进行一定的了解。

【参考作品】

如图4-17左图所示，作者用简单的色彩将复杂的形体描绘得栩栩如生，并没有一味地追求客观的色彩，而是用这种淡彩的表现手法使得画面轻松活泼，给人一气呵成的感觉。而图4-17右图，借用传统的水墨淡彩，采用黄褐色这种古典的色调，像是在讲述一个不朽的传说。

五、理智与感性

康定斯基在《论艺术的精神》中阐述："一般来说，色彩直接地影响着精神。色彩好比琴键，眼睛好比音槌，心灵仿佛是绷满弦的钢琴，艺术家就是弹琴的手，它有目的地弹奏各个琴键来使人的精神产生各种波澜和反响。"人们生活在一个色彩的世界中，积累着许多色彩方面的视觉经验，当视觉经验与外来色彩刺激产生呼应时，就会引发人们心理上的某种情绪，这就是色彩的感性倾向。不同的色彩会使人产生不同的情绪和联想，比如，红色给人以热情、危险、活力、喜庆、愤怒等感觉；蓝色则让人感觉平静、悠久、理智、清新。

上海美术电影制片厂的《三个和尚》在艺术处理和动画技术运用上，有独到之处，达到了传神写

图4-18 上海美术电影制片厂 《三个和尚》

意、似拙实美的艺术效果。同时，影片还把西方动画片的现代漫画表现手法，巧妙地结合并融化在自己的民族风格之中。漫画家韩羽对三个和尚的造型设计既具有亦庄亦谐的幽默感，又给人以朴拙、善良的美感。如图4-18所示，创作者在三个角色的

色彩上大胆地使用了红、黄、蓝这三种颜色，小和尚采用红色的着装，这与他在影片里活泼的性格有关；而瘦和尚采用蓝色，这与他对事斤斤计较的态度和做事具有一定的原则性有关；而胖和尚是典型的随遇而安的感性之人，在剧情中，几乎都没有看出小和尚与瘦和尚要他挑水的意思，创作者运用这种理性和感性的色彩，不仅使画面的视觉效果更加鲜明，而且与具有哲理性的剧情融为一体，达到一种美的升华。

【作业练习】（作画步骤可参照本节练习示范）

（一）作业安排

1.课内完成一组理智与感性（自选题材）的色彩作品。

2.课外欣赏与分析一些哲理性的动画片。

（二）作业练习的前提要求

图4-19 张旺 作品

1.了解色彩的个性特征。

2.善于利用色彩进行创作练习。

3.尝试不同的表现手法。

【参考作品】

图4-19左图描绘的是苏门长啸——雅士阮籍，作者借用青色和身后的墨团表现阮籍内心的痛苦，同时，还揭示了人物的苦楚是来源于过于理性地分析当时的政局，借用这种丹青色深刻地表露了古代文人雅士的苦闷。而图4-19右图为张旺的《床前捉刀人》，是描述曹操接见匈奴外史的一幕，曹操的随从带刀而立于床前，配以红色，画面醒目，似乎故事一触即发。这两幅作品，就其本身而言，一个色彩偏向于理性，而另一幅为感性，从其故事的内容和色彩表现的角度来说，实为佳作。

六、朴实与华丽

华丽与朴实的色彩表现风格，从传统的绘画艺术，历朝历代的服饰色彩中，我们可以发现：

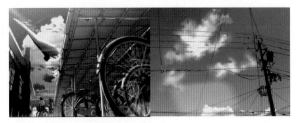

图4-20 新海诚 日本动画片《星之声》

华丽——彩度高、高明度、不同色搭配

朴实——彩度低、低明度、不同色搭配

讲到华丽的动画风格，不得不提起日本的新一代动画家——新海诚。2002年2月，一部25分钟的单集CG动画片《星之声》在日本悄然问世，随后便在日本业界激起了不小的波澜。《星之声》里营造的环境淡泊，恬静，小巧的房屋，飘零的飞雪，带着"叮叮当当"的火车灯，蓝得舒服自然的天空，温暖的夕阳，创作者似乎运用这些与残酷的战争做了一个对比，使得这种祥和的气氛在瞬间崩溃。该片的CG画面非常华丽，如图4-20所示，看似平凡琐碎的场景物件设定，却处处透着巧妙的安排。最为突出的是画面镜头中大量的光线运用，使得画面忧伤的意境与雅丽炫目的视觉效果尤为突出。

图4-21 日本动画片 《蜂蜜和四叶草》

从客观的角度出发，华丽与朴实其实是相对的。正如日本的动画片《蜂蜜和四叶草》，如图4-21所示，在人物造型用色上，创作者运用了彩度较低的色调，画面清新而悠扬，淡淡的色彩，淡淡的对白，就连快乐也是淡淡的，从他们的眼睛里看到了各自的寂寞。正是这种朴实淡雅的画面使得很多的观众流连忘返。

图4-22 田宇 作品

步骤（二）

【作业练习】（作画步骤可参照本节练习示范）

（一）作业安排

1.完成一组朴实与华丽（自选题材）的色彩作品。

2.分析《星之声》《蜂蜜和四叶草》之间的色彩应用。

（二）作业练习的前提要求

1.了解和熟悉色彩的彩度与明度的特征。

2.能够运用不同的表现手法进行实践创作。

3.利用色彩之间的不同色调进行对比实验。

【参考作品】

如图4-22左图所示，作者用纯度较高的红色绘制了赤兔和吕布的披风，整个色调偏暖，画面华丽，气势逼人，而右图也采用了红色，但加入低彩度的背景，使得画面更加朴实。对于不同的画面，作者充分利用了色彩之间的搭配来展现各种风格。

【本节练习示范】

步骤（三）

步骤（一）

步骤（四）

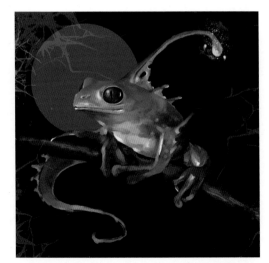

步骤（五）

步骤（六）

步骤（七）

主题：丛林角落（塑造一个以丛林为题材的角色，突出夜晚的寂静与华丽）

步骤（一）：线稿

步骤（二）：角色上色

步骤（三）：背景色处理

步骤（四）：深入

步骤（五）：深入刻画

步骤（六）：场景刻画

步骤（七）：局部调整与完善

创作人：孙闯

第二节 ///// 动画场景的色彩烘托

一、塑造空间

空间大致可分为两类，即物理空间和心理空间。

物理空间是实体所限定的空间，而心理空间即空间感，本质是实体向周围的扩张，是人类知觉的实际效果、实际不存在却能感受的空间。例如，在教室中，由于每个人的感受和想法都有所不同，走进教室的第一个人可能会选择最佳的私人空间，直到最后无法选择的时候，才会被迫地挨着别人坐，这是由个人的心理感受造成的，正因为这样，我们可以利用人类自身的私人空间感来塑造空间。

1.强化进深

进深指前后的距离，强化进深即加强场景的深度感。

（1）遮挡的形式。如图4-23所示，近景的树干遮挡着远景的城堡周边的环境，树林间采用较深的色调，而林子的尽头又采用较亮的色调，创作者运用光线的变化与色彩的差异使得画面的远近关系非常鲜明，画面的进深感非常强烈。

（2）直线透视。如图4-23所示，林间的小路，近景较为宽阔，而在人物的前方相对较窄，同时，树干的粗细变化（近景的树干大，远景的树干小）也使得画面的进深感非常强烈。

（3）光的应用。场景中的明暗、光亮、阴影的分布是产生画面空间的另一主要因素。如图4-23所示，画面近景光照较强，而且面积较大，这与远景城堡里微弱的灯光形成了对比，使得画面的深度感尤其鲜明。（场景中的树干为近景，城堡是远景）

（4）对比。场景中的对比也可以加强画面的进深感。在绘画中，经常说的"近大远小，近实远虚"是一种透视规律，是强化进深最为基本的条件。如图4-23所示，画面中的角色、树干、城堡、灯光之间的空间对比，也使得进深感非常出色。

图4-23 《僵尸新娘》

2.多层次的变化与落差

场景中物体垂直、穿插产生的变化可以丰富画面的空间感。

如图4-24左上图所示，动画片《星之声》里的场景，近景的人与中远景的人形成一种落差对比，使得画面形成一种空间感。图4-24右上图，近景的电线杆在视觉上高，远景的电线杆较矮，这是透视中的"近大远小"关系，而横直不同走向的电线增添了画面的穿插关系，加了画面的对比，产生较强的空间感。图4-24左下图，电线杆、房屋、人物形成了一种高矮不一的对比，在视觉上产生了较强的落差，使得空间感更加突出。在动画场景的练习中，我们可以通过这种不同层次的落差，加强画面的进深度与空间感。

图4-24 日本动画片 《星之声》

3.光与色

光和色是构成空间的两大基本条件，空间的塑造自然离不开这两个永恒的主题。

如图4-24左下图所示，通过光线的走向与遮挡物所形成的阴影（近景的物体阴影大而实，远景的投影小而模糊）的变化突出画面的远近关系。近景的物体色彩变化丰富，而远景的物体色彩变化相对较弱，这种光与色的变化都是为了增强画面的空间感。图4-24右下图，太阳经过云层产生不同的光线强度（强光下的色彩变化弱），创作者利用这些光线落在物体上所形成的色差，增强画面的空间关系。实际上，画面中大量地使用各种不同的光源和色彩处理，都是为了拉开画面的层次与空间感。

随着人们对光和色的研究越来越多，制作的手段多种多样，动画的视觉语言日益丰富，但各种方法都是在实践的基础上形成的，需要我们通过大量的实践训练，尝试用不同的塑造空间的手段去表现不同质地的空间。

【作业练习】（作画步骤可参照本节练习示范）

（一）作业安排

自选题材，运用8开的纸塑造画面的物理空间和心理空间各一幅。

（二）作业练习的前提要求

1.掌握并了解物理空间与心理空间的特征与区别。

2.运用不同的表现手法进行实践创作。

3.利用色彩之间的不同色调以及物体在画面中的穿插关系作对比实验。

【参考作品】

图4-25 Don Seegmiller 作品 场景设计

如图4-25左图所示，竖立的山形、平静的湖面、垂直而下的瀑布形成了高低的落差，增强了画面的空间感；远处偏冷的山岩与近景偏暖的山岩从色彩的角度也形成了一种视觉的对比，拉开了画面的空间关系。而图4-25右图，高低不同的两个塔房挺立在高空中，四周无物，天空的紫蓝色与塔房偏暖的色调形成一种鲜明的对比，更加突出了塔房的奇峻，似乎就是空中楼阁。

二、营造气氛

作为一种视觉形态语言，气氛是每一种艺术所追求的理想空间。我们可以用文字来表达一种氛围，同样也可以用画面去描述这种场景。作为视听艺术，动画片的每一个镜头都记录着故事的进展和延续，创作者不断地运用声画艺术渲染故事里要表达的气氛。

图4-26 《再见萤火虫》

如日本动画片《再见萤火虫》，创作者运用了一系列的暗灰色调，使人们有一种压抑与悲伤感。图4-26左图，是节子与诚田住在郊外窑洞的场景，

窑洞到处都是黑色，只有飞舞的萤火虫闪闪发亮，创作者运用这种重暗色体现了诚田与节子居住的条件极其恶劣。而图4-26右图，色彩较为明亮，但仍然有点倾向于灰，这与故事主人公在他姨妈家的那段经历有关。而这两种不同的环境与故事情节，创作者都很好地运用了色彩去塑造不同的空间和内心感受。

如果说灰暗的色调容易使人情绪低落，冷蓝的色调容易使人理智与清醒，那么活泼明亮的色彩会使人愉悦。如动画片《功夫熊猫》，如图4-27所示，明亮欢快的色彩，夸张奇异的造型，都让人耳目一新，即便影片播映完毕，观众还都沉醉在幽默的角色造型以及舒适的色调中。

图4-27 《功夫熊猫》

镜头的魅力是无穷的，不仅可以通过角色的造型和动作来吸引观众，给观众塑造特定的空间气氛，还可以利用电影蒙太奇的镜头组接，达到某种特定的气氛。由于我们在这里着重分析的是画面的色彩，从上面的案例可以看到，不同明度、纯度、色相的画面给人带来不同的视觉感受和心理反应。在动画片中，我们可以根据需要，利用色彩的个性，结合自己所熟悉的技术去表达特定空间中所需要的氛围，这也是一种最有效的方法。随着自己的知识丰富，这种表现的语言也随之丰富起来，色彩和光的应用在画面里的作用也会被最大限度发挥出来。

【作业练习】 （作画步骤可参照本节练习示范）

（一）作业安排

自选题材，运用8开的纸塑造一组（3幅）具有紧张、欢快、悲伤色调的作品。最好题材不变，运用色调去塑造这三种不同的画面。

（二）作业练习的前提要求

1. 了解不同色彩的心理特征，不同色调给人带来的心理影响。

2. 运用不同的表现手法进行实践创作。

3. 了解如何使画面具有一定的空间层次感，利用色调之间的变化充分地塑造不同情感的色彩。

【参考作品】

如图4-28所示，左图与右图描绘的都是森林里的世界，但色调的不同产生了两种不同的心理感受。左图色调偏冷，色彩对比较强，给人一种宁静的感觉，而右图色调偏暖，相对左图较弱，给人温馨的感觉。在画面中，色彩具有明显的心理暗示，因此，在创作的过程中，我们可以运用不同的色调去渲染不同的画面氛围，给人不同的视觉感受与心理体验。

图4-28 Bad Panda 作品 场景设计

三、制造悬念

许多小说、电视剧、电视节目或电影都会制造悬念，增加影片的魅力，激发观众的好奇心。在影片中，这种气氛大多都由某一种特殊声音、角色的表情动作、自然的外在因素引起，使人陷入悬念中。比如说香港的鬼片，在恶鬼即将出现的时候，突然刮起大风、雷雨交加、电闪雷鸣、室内灯光发出吱吱的声响等，伴以较暗的画面色彩处理，同时在镜头切换之间做大的对比（电闪雷鸣的场景，通过闪电的光照射到较暗的室内空间等），观众可以通过画面这种直观的反映形式体现影片的各种情节。色彩对人的心理影响是非常微妙的，比如《满城尽带黄金甲》，影片皇宫里的色彩都倾向于金黄色，更加突出了皇宫的富丽与华贵，这就是色彩最为直接的表现语言。影视制作人经常通过这种特定场景与人的心理反应使得故事悬念迭起，让人目瞪口呆。

例如动画片《小鸡快跑》，如图4-29所示，特维迪太太一心想发财，准备把养鸡场里的蛋鸡变成肉鸡，变卖到市场上，其中有一只母鸡打算带领大伙一起逃离，结果被特维迪太太发现，直接抓进了烤炉，而在烤炉当中，小鸡们英勇奋斗，逃脱那危机四伏的现场。在这些特定的场景中，画面给了特殊的信息——红色的灯光如警报般闪起，这是一种视觉上的提醒，也是一种心理的暗示，似乎告诉大家烤炉马上就要爆炸，而两只小鸡的命运也有可能随之葬送，由此引得故事的悬念产生：小鸡们的命运是死还是活？

图4-29 《小鸡快跑》

【思考与探索】

在场景的塑造中，单一的画面，我们可以通过色彩渲染出不同的画面气氛，表达不同的心理感受。在本次练习中，大家首先一起来探讨图4-30两幅作品，给予你什么样的画面启示与感受，创作者是如何体现画面中的空间关系、画面气氛的。如果是你，你将怎样设计接下来的一个画面，并将自己的想法绘制成图。

图4-30 Matthew Woodson 作品

【本节练习示范】

主题：外敌入侵（创作一幅以外敌入侵为题材的作品，题材不限）

该幅作品为ＣＧ插画，通过数位板与电脑软件合成，作画步骤为：

步骤（一）：寻找相关的背景素材（图4-31A）。（平时可为自己建立一个素材库，以方便创作时用）

步骤（二）：在相对应的场景上做适当的调整（图4-31B），加入一些相关的元素，使作品主题突出。

步骤（三）：深入刻画添加的物件（图4-31C至图4-31F），同时注意在电脑作画时分层进行，以便修改。

步骤（四）：润色（图4-31G）。（对场景和道具进行相关的色彩处理）

步骤（五）：深入刻画（图4-31H至图4-31I）。（按照第三章作画的方法进行）

步骤（六）：调整完成（图4-31J）。

图4-31A

图4-31B

图4-31C

图4-31D

图4-31E

图4-31F

图4-31G

图4-31H

图4-31I

图4-31J

（秦展绘制）

第三节 ///// 动画色彩的基调确立

一、单个画面的色彩基调

许多设计师同步画一个景物时，色彩感觉是截然不同的，这是因为他们带着各自的主观意念和习惯作画，主观意识不同则达到的艺术境界亦不同，这和一千个观众就有一千个哈姆雷特的道理相同。设计师通过反复观察自然景物形成主观意识，再将这种自我感觉意识运用于动画场景设计之中，就形成了每一个设计者的独特画风与个性。无论何种风格，场景的色彩关系必须是符合剧情发展或是表达某种特定感觉所需要的。

色彩主要通过在不同场景中色彩属性所引发的心理反应的总倾向来塑造人物性格，形成人物总的色彩形象特征，同时通过具体情节中不同场景的色彩属性、面积、形状、光线、力量对比来反映人物细腻的心理变化。

色彩是视觉冲击力最强、心理效应最深刻的画面的构成因素。动画片的色彩最丰富，因为设计者在画面中创造的一切元素都由自己设定，不像电影拍摄中受被拍摄物体本身的色彩影响。动画片中的色彩要更主观、更有创造力一些。色彩对于人的心理有一种基本的效应。在现实生活中，高兴、喜庆等带有好的倾向的场面，画面应该是明快、亮丽的色彩；而在悲伤、忧虑、压抑的时候，应该是阴暗沉闷的颜色。在动画中，设计者需要根据故事的情节和特定的场景进行色彩设定。

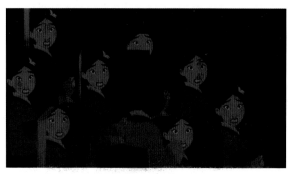

图4-32 美国动画片 《花木兰》

动画片《花木兰》，如图4-32所示，设计者考虑到影片是以中国传统故事为题材，而中国的古代社会中大多数人喜欢用藏青、黑灰、土黄、土红等颜色。因而这些颜色均被很好地运用到影片中来，《花木兰》整部影片的色彩反差较小。为了表现古代中国的故事，人物、服装、道具的色彩均作了暗部选择和处理，通过这些色彩定位，奠定了全片充满着东方气息的视觉基调，为影片的成功打下基础。

图4-33 Bad Panda 作品

【思考与分析】

如图4-33所示，作者运用了不同的色调，对同一素材进行了色调的处理，三种不同的色调给人的感觉各不相同，请你结合画面讲述你的个人感受。

【作业练习】 （作画步骤可参照本节练习示范）

（一）作业安排（命题）

题目：森林里的小屋

内容要求：将对童年生活片段的不同感受，以色彩的形式表现出来。

（二）作业练习的前提要求

1.了解不同色彩的心理特征，不同色调给人带来的心理影响，充分运用色彩的心理暗示去表达自己的画面情感。

2.运用不同的表现手法进行实践创作。

【参考作品】 （见图4-28）

二、镜头画面的色彩基调

色彩具有信息功能，它是一种无声的语言，对于表达剧情主题起着重要的作用。动画艺术中强调和谐统一的色调，并不会造成色彩的简单或单调，不过是在服从大局的情况下展现多姿艺术的视觉美。设计色彩的规律需遵循人类视觉色彩的审美情趣。

动画色调的运用，还要遵循其故事结构，使色调与之相配合形成一种节奏和韵律感。一般的戏剧结构按开端、发展、高潮、转折、结局的程序进行，这种戏剧化的结构，使我们很容易感受到剧情的轻、重、突、缓的变化，色调也随之进行转换。如在一般的电影中，剧情的开始色调对比弱，纯度相对低；但随着故事的延续，到达故事情节的高潮时，画面的视觉冲击力也会随之变强，这时色调中色相的明度纯度相对较高，从而从视觉上达到一种心理暗示；而在结局的时候，画面的色彩又会相应地变弱。这种根据剧情分段来设计色调的方式，有利于营造剧情气氛，增强镜头画面的艺术感染力，但是，其段落中的每个色调都应该服从于整个影片的风格基调，段落之间的色调相互呼应，整个影片形成一个整体的基调。

如日本动画片《再见萤火虫》中的一系列镜头画面，如图4-34所示，战争中的镜头，蓝色的天空和灰白色的飞机，红色的火焰与灰色的天空，以及

图4-34 日本动画片 《再见萤火虫》

在色调的设定上给予了区别，影片中每一个小片段的颜色略为不同，但整个影片都倾向于灰色调，形成整体的基调。当然，影片在角色造型的颜色上也给予了区分，节子忧郁的蓝色与其他人的灰色也形成鲜明的对比，诚田已故的母亲遗留下来的鲜艳颜色与战争之间的灰色同样形成了对比，突出战争给人类带来的苦难。《再见萤火虫》色调和剧情紧密地结合在一起，使人们在视觉上有一种更直观的心理反应，从而推动影片达到一种至高的境界，感染每一位观众的心灵，不失为日本经典的动画片之一。

图4-35　Matthew　Woodson　手稿

【思考与练习】

图4-35为Matthew Woodson的手稿，描写生活中的某个片段，请按照你的理解，并结合场景、角色、画面的色彩关系分析下列连续画面的剧情。假设画面中的小朋友是你，试设计一组在公共场所中，你与父亲之间的片段画面，注意这个片段的色彩基调的设置。

三、作品的立意与色彩基调

色彩对人心理的影响体现为情绪和机能两个方面。情绪方面的影响体现为人们对某些色彩的喜爱、厌恶，从不同色彩关系中所感受到的华丽、朴素、高贵、俗气等印象。这些常常能影响人的情绪，导致行为上的不同反应。人对色彩感知的心理反应，不能一概而论，它因人们在生活环境、生活经验、文化修养、审美观念的方面存在的各种差异而不相同。直接影响到人对色彩感知情绪的因素众多，有人种、民族、宗教、性别、地理、教育、生活等。色彩对人的影响，在机能方面的反映体现为人们对不同的色彩和色彩的关系会产生不同的冷

轰炸完后深色的残骸，这些画面之间的颜色形成了一种鲜明的对比，加剧了紧张的气氛。在节子找到钱币的镜头中，画面运用欢快而明亮的色调、短暂的明亮色彩表现着诚田与节子的内心世界，缓解人们的视觉疲劳，同时也与之前灰暗的战争场景形成对比，这是根据当时镜头中人物的感情需要而设定的色彩。医院里灰暗的色调与室外强烈的阳光，车厢里深沉的色调和淡淡的灯光，姨妈家明亮的房间与诚田野外昏暗的窑洞，诚田回忆爸爸妈妈时较明亮的镜头与节子死去之后，诚田对节子思念时，画面呈现的浑浊的橘黄色，这些对比均是根据剧情的需要而设定，突出诚田与节子悲惨的人生。创作者

暖、刚柔、强弱、轻重等心理感受。这些感觉在不同的地域、人种、民族、性别和宗教、文化背景的人群中，基本上是相似或相同的。这是因为长期以来，在不同地域和不同文化背景中生存的人类，对色彩的某些与生活内容相联系的观感，均由很多相同或相类似的生活经历而形成。

色彩对影片的魅力是无穷的，这被无数的例子所证实。例如，《满城尽带黄金甲》中，张艺谋用色彩塑造了中国古代宫廷里的奢华与高贵，那些金光灿灿的色彩让人久久不能忘怀。而在《大红灯笼高高挂》里，如图4-36左图所示，张艺谋又用红色与黑色作对比，突出思想与传统之间的矛盾。王家卫的《花样年华》，则采用红黄交错的色彩，体现那个时代怀旧又暧昧的特色。

图4-36

无论是艺术类还是娱乐概念下的商业电影，总会或多或少与色彩相关，正如列宾所说，"色彩就是思想"。看看最近的国产电影《太阳照常升起》里，如图4-36右图所示，姜文几乎用尽了颜料桶里的各种颜色，红、黄、蓝、绿、白，色彩鲜明的画面堆积出了一个梦幻、疯狂、超现实的梦境，让人欲罢不能。李安用黑黄交错的色彩让看过《色戒》的观众忘记了电影里的国仇家恨，不再怒视丑陋的汉奸走狗，却只记得去追寻那些处于扭曲阴暗状态下的性爱阴谋。

而那些天生就靠华丽的视觉效果征服观众的好莱坞大片，就更费尽心思地把色彩洒来洒去了。如图4-37上图所示，《哈利波特5》越来越倾向于暗色调的色彩，一个黑色的魔幻王国出现了，儿童电影也摇身一变成了恐怖片。《加勒比海盗3》用蓝、黑、灰，把大海、天空、沙滩组成的海盗王国变形成了一个超级虚幻的世界末日。如图4-37下图所示，那部承

载了多少人童年美好追忆的经典的《变形金刚》，在你晕眩了两个多小时之后，在如此一部比动画片还多姿多彩的真人版电影里，你能在儿时的伙伴擎天柱身

图4-37

上，清楚地说出有多少种色彩吗？

无论是从头到尾只呈现一种色彩，还是五彩缤纷的电影，每个人都能从其中找到属于自己的颜色，无所谓是导演强加的，还是凭自我意念生硬臆造的，只要画面里的色彩运用得当，看着美轮美奂，无论是感动、悲伤甚至愤怒，电影都能在每个人心中升华出属于自己的艺术彩虹。

不要以为在视觉上只有黑白两色的旧电影就没有色彩，随着剧情的跌宕起伏，我们的情感也会迸发出多样的颜色，黑的压抑、白的纯洁、红的奔放、蓝的忧郁、绿的希望、灰的悲伤，不在画面上，就在我们心里。《辛德勒名单》整个黑白阴暗的世界里，最让人记忆深刻的就是那个穿着红色外衣的小姑娘；《鬼子来了》电影的结尾姜文脑袋落地的一刹那，黑白残酷的世界终于回归了现实中的彩色；《阳光灿烂的日子》恰恰相反，灿烂之后，最后的几分钟黑白片段，难道不是对那个不想忘记

的年代的一丝追忆吗?

作品的立意与色彩基调的确立,需要我们平时观察与积累。每一部电影都有自己独特的风格和色调,因此,在本部分内容中,我们以欣赏了解为主,并没有涉及实质性的训练。除了深入体会生活之外,我们还需要对不同的影片的色调进行详细的分析,以便自己在创作的时候能够更好地把握色彩的基调与立意。

【本节练习示范】

主题:奇幻类角色(制作软件为Painter)

步骤(一):勾勒外轮廓线

步骤(二):铺上基本的色调

步骤(三):对人物进行基本的明暗处理

步骤(四):进一步塑造角色

步骤(五):进一步塑造角色的同时,对背景作出相关的色调处理

步骤(六):塑造角色,添加背景

步骤(七):调整角色色彩关系,深入刻画背景

步骤(八):调整画面的色彩关系,完成作品

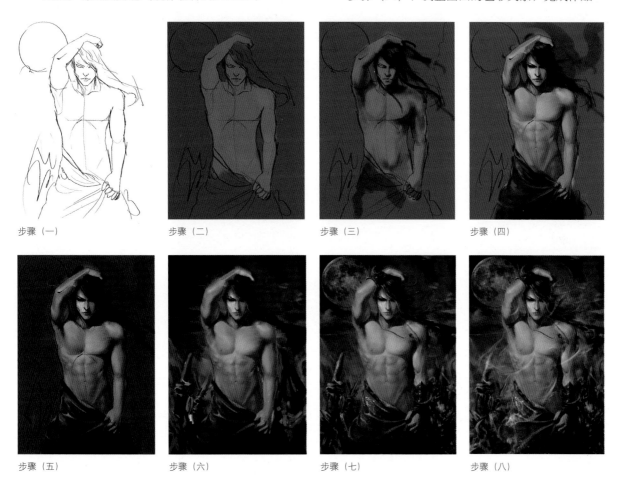

步骤(一)   步骤(二)   步骤(三)   步骤(四)

步骤(五)   步骤(六)   步骤(七)   步骤(八)

(孙闯绘制)

本章小结

色彩不但具有物理特性，同时还具有一定的情感，在不同的国度、不同的地域具有不同的情感特征，这些对色彩使人们所产生的视觉感受起着至关重要的作用。本章从色彩的一些基本特性介绍了动画角色、场景的个性色彩；在动画场景的色彩设定中，如何塑造画面的空间、营造气氛、制造悬念等；同时，还介绍了动画单个画面、镜头画面、作品的立意与色彩基调的确立。

思考练习

1.怎样理解作品的立意与色彩的基调?

2.画面的气氛通常由场景里角色的表情、动作，环境的变化，音响的渲染来完成，作为一个动画设计人员，你怎样利用色彩作为一种视觉媒介来强调这种气氛?

3.试阐述动画片《花木兰》里运用了哪些典型的中国色彩。

第五章　动画色彩的商业运用与突破

第五章　动画色彩的商业运用与突破

学习目标：色彩是一门应用很广的学科，动画是一门技术与艺术相结合的视觉艺术；其表现手法和应用范围非常广泛，在这里无法——详述。本章旨在通过介绍动画行业的基本特征，促使学生主动地去了解整个行业。在本章的学习中，主题色彩为重点，可以使创作者更准确地把握和设定作品的主题色彩，使其与影片紧密地联系在一起。

教学要求：通过本章教学，学生能够对各领域的色彩应用有一定的了解，掌握主题色彩。在教学过程中，应注意培养学生的思维创造能力和色彩表达能力，塑造良好的个性和审美情操。

第一节 //// 动画色彩的商业表现

一、商业插画的色彩表现

为企业或产品绘制插图，获得与之相关的报酬，作者放弃对作品的所有权，只保留署名权的艺术创作被称为商业插画。现代商业插画主要是通过传播媒体的不同而进行分类的。大体可以分为三大类：一是印刷传播媒体，二是影视传播媒体，三是网络传播媒体。

印刷传播媒体形式的插画主要分为期刊报纸插画、招贴广告插画、产品包装插画和企业形象宣传插画。这一类形式的商业插画发行量大、传播面广、制作周期短，它可以涉及人们生活的各个方面，也是用户最为熟悉的。影视传播媒体形式的插画主要分布在电视与电影中，它与影视广告的区别就在于画面相对稳定与静止。这类形式的插画传播速度快、信息量大、比较性强，是各厂家与企业加强商品宣传与推广的有力传播媒介。网络传播形式的插画是随着电脑网络发展起来的新兴的插画形式，它的主要载体就是电脑网络，其形式独特、内容互动性强、表现的空间大。作为新兴的插画形式，网络传播媒体的插画也有它的局限性，那就是受众程度的不均衡，但是随着时代的发展，这种局限性会逐渐消失。通过分析这三种形式，我们可以看出商业插画作为视觉传达的一部分必然有它存在的空间，这空间是由社会、商业和文化共同给予的。它已经不再是开始时简单的针对特定信息进行局部传播的艺术形式，而是发展成为传播信息、扩散影响、服务社会的集时间、空间和受众面为一体的视觉传达要素。

图5-1为某报纸广告的插画，画面幽默诙谐，增强报纸的娱乐性，但这类插画有一个致命的弱点，报纸的印刷成本低，一般图片的像素都在72像素左右，这也制约了报纸插画的画面色彩（在印刷中，像素越高，画面的色彩越细腻，变化越多）。图5-2为招贴广告插画，招贴广告最大的特点是速度快，见效快，图5-2的画面形体简单，色彩单纯而视觉冲击力强，这种周期短的插画制作加快了招贴广告插画的更换，为产品或者公司带来更多的新的作品，加强人们对产品或者公司的印象。

图5-1 某报纸插画　　　　图5-2 2006年麦当劳招贴广告

商业插画有一定的规则，它必须具备以下三个要素：

（1）直接传达消费需求。商业插画与绘画是有本质区别的，它的使用寿命短暂，随着商品或企业的更新换代，作品随之宣告消亡或是终止宣传；它具有直接传达商品信息、引起消费者的注意、最终达到引导消费的效果。但在另一方面，商业插画在短暂的时间里迸发的光辉是传统绘画不能比拟的，因为它是借助广告渠道进行传播，覆盖面很广，社会关注率比传统绘画的作品要高。

（2）符合大众审美品位。商业插画区别于插图，具有独特的审美性。插图是运用图案表现的形象，本着审美与实用相统一的原则，尽量使线条、形态清晰明快，制作方便。商业插画则主要讲究大众化和实用化。采用表现客观事物的手法，针对商品和企业本身进行。

（3）夸张强化商品特性。商业插画可以通过奇特的造型和个性的表达，使其更具魅力。产品的使用性能各不相同，在生活中扮演着不同的角色，适用的人群也有所不同，因此，我们可以根据产品的特性、不同的年龄阶段、性别、职业等方面进行分类，运用不同的表现手法。当然，前提是表现的手法要能被大众所接受，例如，做某一口红产品的广告时，突然在男性模特儿的嘴唇上涂上不同层次的口红，从某种角度来说，广告达到了新奇的目的，但能否收到良好的效果，却是未知之数。因此，我们在创作的时候，强化商品的特性固然重要，客观世界当中的某些规律同样不能忽视。

色彩作为一种特殊的视觉语言，既可以刺激人们的眼球，引起大家的注意，同时，还让人产生一种心理效应，引发消费。对于设计师来说，最主要的目的是要吸引人们的眼球，从而接受产品信息内容的传播，渗到需求者的消费意识。而其中，如何吸引人们的眼球是设计师们的永恒主题。在商业插画中，除了奇特的造型之外，色彩在画面中的功效必不可少，有的商业插画运用一种无彩色系，有的又运用有彩色系，有的还运用一种抽象的色彩，有的也运用一种具象的色彩，各有千秋。那我们怎样去创作一幅好的作品呢？商业插画在市场上的分类非常之多，在这里无法——介绍到，我们可以根据商业插画的三要素，寻求最佳的创意点，使两者完美地结合起来。

如图5-3所示，以简洁的线条和单纯的色彩将画面中的幽默感表现得淋漓尽致，图5-3夸张地处理了各物体之间的比例关系，强调色彩之间的对比度，

通过物体之间的比例关系与色彩对比度，突出了画面的主题，加强了人们的视觉印象，从而在人们的头脑中产生相关的记忆，达到插画创作者的创作目的。

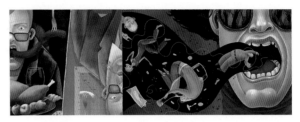

图5-3 商业插画

二、Flash动画的色彩表现

1998年，MICROMIDIA公司适时地推出了Flash这个改变网络景观的动画制作软件。它主要的优点在于经过Flash编辑的动画文件本身都非常小，并且是矢量图，可以无限地放大而图像质量不会发生变化，非常适合插入网页之中产生动态效果。到目前为止，互联网上用Flash制作的网页动画数量仅次于GIF动画，但是GIF有它的局限性，最多只能显示256色，在一些需要优美画面或者较多用到渐变色的动画中，GIF的动画效果相对比较差，Flash的优点还体现在它可以输出成AVI文件，在电视或者影碟上播放。

Flash动画，如我们看到的广告片段一样，它可以通过文字、图片、录像、声音等综合手段生动形象地体现一个意图。多用于制作公司形象、产品宣传等片段，效果非凡。由于Flash动画是一种矢量动画格式，具有体积小、兼容性好、直观动感、互动性强大、支持MP3音乐等诸多优点，是当今最流行的Web页面动画格式。

Flash动画功能特点：

（1）生动、活泼，可以吸引、刺激网站浏览者点击动画页面，其强烈的视觉冲击力可以给浏览者留下深刻的印象。

（2）占用的存储空间只是位图的几千分之一，非常适合在网络上使用。能够做到真正的无限放大，无论用户的浏览器使用多大的窗口，图像始终可以完全显示，并且不会降低画面质量。

（3）使用插件方式工作。用户只要安装一次插件，以后就可以快速启动并观看动画。

（4）可插入MP3、AVI音乐及动画。

（5）使用组件，能够重复使用及共享。

Flash动画较之传统的动画有着非常大的区别，传统动画是靠手画出来的，Flash则是靠电脑演算出来的，实际上Flash动画的演算功能并没有那么强大，它只能实现一些几何体的大小、方位、颜色的过渡变化，毕竟现在电脑还不具备人工智能。对于角色的动作、色彩的丰富程度在表现上还是有一定难度的，例如角色相对难一点的走路、跑步、转面等就无法演算出来，更不用说人物的表情、肢体语言这些细微的变化了；而在色彩处理上，较传统的动画也有所欠缺，如《老人与海》这类油画风格的动画，在Flash软件上较难模拟；再如《山水情》这类水墨风格的动画，在软件上制作与传统的表现形式也有较大的差异。传统动画在色彩上的处理，Flash软件可能一时无法达到，画面也欠缺灵活，但Flash动画的画面还是可以通过不同的渠道和合成手法逼真地再现物体的色彩，表现物象的质感，而且Flash动画还有着自身的强处，画面可以无限地放大，画面的质量不会发生改变，而传统动画的画面在这方面则相对较弱，画面质量随着画面的放大而受到一定程度的影响。

图5-4 Flash动画 《大话三国》

随着电脑制作技术的发展，Flash上所做的动画可以结合不同的软件去完成单个的画面，使得画面的风格各异。如图5-4所示，ShowGood的Flash动画《大话三国》，Q版的人物形象，以及大块面的颜色略做明暗的处理，使得画面的色调明亮爽快，趣味

横生，具有中国年画的色彩鲜艳的特性，同时还具有漫画简洁的形体特征。

三、三维动画的色彩表现

现代动画技术最典型的特色就是以三维技术为代表的数字技术的大量介入。三维动画技术的兴起是动画发展史上的飞跃，根本性地扩展了动画的概念，带来了视觉欣赏的革命。三维动画技术模拟真实物体的方式使其成为一个有用的工具，由于其精确性、真实性和无限的可操作性，目前被广泛应用于医学、教育、军事、娱乐等诸多领域。在影视广告制作方面，这项新技术带给人耳目一新的感觉，受到众多客户的欢迎。三维动画还可以用于广告和电影电视剧的特效制作。

三维动画制作是一项艺术和技术紧密结合的工作。在制作过程中，一方面要在技术上充分实现广告创意的要求，另一方面，还要在画面色调、构图、明暗、镜头设计组接、节奏把握等方面进行艺术的再创造。与平面设计相比，三维动画多了时间和空间的概念，它需要借鉴平面设计的一些法则，但更多是要按影视艺术的规律来进行创作。三维动画采取仿真的技术，模拟真实的物体，通过三维软件的运算，重新得到一个新的空间。但这种空间的画面既可能是具象的也可能是抽象的，需根据影片的风格而定。

图5-5 美国动画片 《怪物史莱克》

如图5-5所示，动画片《怪物史莱克》，在影片的场景中，大多采用了模拟自然的形态和质地，画面的色彩过渡非常自然，给人一种身临其境的感觉；而在角色造型上又加以夸张变形，增强了影片的艺术性。正是这种抽象和写实手法的综合运用为整个影片带来了欢快的节奏和无穷的乐趣。再如《虫虫特工队》，影片的色彩饱和度与层次感让人

叫绝，在电脑技术的分析和运算中，不仅动物角色的色调自然明晰，就连各种静物的描绘也是纹理清澈、比例适当，几可乱真。

随着电脑技术的快速发展，三维软件可以对动作和色彩的模拟越来越真实，甚至连水墨扩散的效果也模仿得有模有样。正因为这样，三维动画目前被广泛地运用于三维广告动画、儿童动画、建筑动画、游戏片头等领域。我们发现这些画面的色彩设计都是根据传播效应和表现主题而设定的，其实三维动画片色彩的具体表现，是根据影片的需要，以及自己对三维软件熟悉的程度所反映出来的，我们不仅要了解艺术的基本表现特征，还要了解三维软件独有的技术，为创作出好的动画片做准备。

四、网络游戏的色彩表现

网络游戏按技术类型可分为2D、2.5D、3D。

2D网络游戏的代表作：传奇世界、海盗王、梦幻西游等。

2D游戏是不可以随意转动视角，也无法拉动人物远近的游戏。2D网游通过平面的视角容易展现出激烈的战争场面，但是人物、场景的塑造不够细致，颜色亦不如3D的细致。

图5-6 《传奇世界》

如图5-6所示，我们从图片中能够看到画面的空间关系，但是我们无法进一步看到各物体的材质；图5-7同样也是如此，我们可以通过这种平面的视角，看到一个大体的色彩关系，但这种2D游戏的色彩变化不如3D和2.5D的丰富、自然，人物以及场景的塑造就不够细致。

图5-7 《梦幻西游》

3D网游代表作：天堂2、魔兽世界、奇迹世界等。

3D游戏可以任意转动视角观察人物、场景等，是具有真实的空间感觉的游戏。3D游戏画面细致、打斗效果逼真、技能绚丽，更容易给玩家创造一种身临其境的感觉，但这种3D游戏的色彩与电脑的配置密切相关，尤其是显卡，显卡性能的好坏决定着画面的质量。3D游戏通过角色的造型、绚丽的技能去吸引各大玩家，而这些都要建立在色彩之上，色彩是最直接的视觉语言，角色的塑造需要色彩的变化来提高其视觉冲击力，而绚丽的技能除了具有技能本身的物理特性之外，还需要通过色彩的精心搭配来加强其绚丽的程度吸引玩家。

随着软件制作技术的提升，3D游戏的虚拟空间与现实的生活空间越来越相似，游戏的角色在行走时，玩家几乎都感觉是自己的一个身影在游戏中行走。可以通过转换视角、放大缩小等去体验3D游戏的乐趣，如图5-8所示，画面的视觉被玩家拉大时，我们可以清晰地体验到各物体的材质以及丰富的色彩关系，而图5-9，角色的衣服模拟现实当中的布纹和盔甲的质地，色彩的变化加强了服饰的真实感，绚丽的魔法通过色彩的变化而表现得层出不穷、出神入化。

2.5D网游代表作：魔域、凤舞天骄、奇迹等。

图5-8 《魔兽世界》

图5-9 《奇迹世界》

富，只是相对3D的游戏来说，空间和立体感不如3D游戏强烈与真实，但它融合了2D与3D的一些特性，正因为这样，2.5D的游戏在市场上经久不衰，有着旺盛的生命力。

图5-10 《奇迹MU》的游戏截图

2.5D的网络游戏是伴随着CG技术的提高，二维技术与三维技术相互融合的产物。在游戏制作中体现真实感已不再是什么难事，很多二维游戏里的人物造型开始采用3D建模，这样的表现比起贴图的Q版人物有了更进一步的真实感。Q版的游戏由于在制作上采用的是可爱的卡通的表现手法，所以在风格上往往比较轻松，其表现的内容也大多是童话或是冒险以及一些宠物养成类的情节，游戏故事内容轻松，人物造型可爱，还有丰富的表情系统，往往受女孩子或者是一些年龄较小的玩家青睐。在色彩搭配上明亮舒适，如风靡一时的网络游戏《泡泡堂》以及号称中国女性玩家最多的《魔力宝贝》，这些只是二维网络游戏的代表。而真实的二维环境中的游戏，它的故事大多都是一些神话传说，敌我分明、面目狰狞的怪物，恶劣的生存条件，阴森的周围环境，追求刺激感和激烈打斗的玩家大多喜欢这种类型，相对偏向于成年人。比如暴雪公司制作的《暗黑破坏神》和2000年前后流行的《传奇》以及《奇迹》都是采用的这种手法。

2.5D的游戏仍然是通过平面的视角去体验游戏，它不能自主地改变视觉去体验游戏的各个场景，但2.5D的游戏兼并了3D游戏的一些特性——色彩、材质的塑造。2.5D的游戏较之2D的游戏，色彩更加的丰富，角色和各物体刻画得较为细致，技能比起2D的游戏更加绚丽，材质也更加的真实。如图5-10所示，奇迹MU是一款典型的2.5D网络游戏，色彩丰

五、影视动画的色彩表现

无论是有彩色还是无彩色，色彩都有自己的

颜 色	观 感
黑色	深沉、厚重、严重、内向、神秘、阴森、黑暗、哀伤、北方方位色
白色	崇高、圣洁、素雅、寒爽、肃穆、清高、哀悼、西方方位色
灰色	高雅、简朴、含混、调和、沉默、空虚、沉着、莫测
红色	火光、日光、革命、庄严、温暖、吉祥、热烈、喜庆、恐怖、警觉、南方方位色
黄色	日光、火光、高贵、明亮、稚嫩、神圣、荒凉、激烈、疯狂、下流、中央方位色
橙色	温暖、华贵、神化、决心、炽热、欢乐、欢庆、烦躁、震惊
绿色	生机、平静、安定、希望、滋润、幽静、健康、向上、冷酷、阴森、卑鄙
紫色	神秘、安静、虚弱、妩媚、哀伤、阴险、恶劣、奇幻
赭石	稳健、大方、古朴、老朽、孤寂
玫瑰红	娇艳、妩媚、生发、和煦、淫秽
群青	神秘、冷静、迷信、高贵、哀丧
金	华贵、脱俗、珍重、神圣、威严、仰慕、尊敬、迷信
银	高贵、迷信、自傲、猜疑、清高、圣洁、超俗

表情特征。每一种色相，当它的纯度或明度发生变化，或者处于不同的颜色搭配关系时，颜色的表情也随之改变，但这不是绝对的，如果说一个人情绪不好的时候，他所看到的颜色可能比正常情况下有所改变，那么在通常的情况下，不同颜色有着以下的观感。

人们对色彩的感觉既是一种美感形式，也是一种主观意念。我们在动画影片创作中要遵循这个思路，对客观色彩进行主观性的概括与强化。用色彩的视觉表达情绪、情感，渲染意境；用色彩的语言来表达内容的内涵、形式的美感；用色彩的象征张扬个人的个性，引起观众的共鸣；用色彩等元素的造型给予人们生理上的刺激和心理上的愉悦。

色彩的基调是整个动画片最为直观的形式，色调是在导演开拍之前就必须确定的视觉语言。我们通过色彩语言去表达影片的内容时，一定要有所变化，否则，色调的单一或者不准确都会引起视觉产生的心理效应。在影片中，色彩主要体现为场景的色彩关系，角色、服饰、道具的色彩关系，段落的色彩关系，整体色调。而在处理这些色彩关系时，

可以围绕两个方面进行：一是通过故事的思想感情用色彩加以流露。二是所用的颜色应和思想、构图、剧情的发展以及主题更加形式统一，为推动剧情、说明主题服务。具体的，我们可以通过明度、纯度的变化，对比与调和，色彩的冷暖来塑造剧情的发展和空间的变化。只有这样，才能传达出色彩在动画影片中的丰富与和谐的作用，告诉观众这是部什么类型、什么性质的影片，吸引观众在观看影片获得知识的同时，也欣赏色彩在动画影片中独特的艺术效果与艺术感染力，并在潜移默化中得到色彩美的享受。

如动画片《僵尸新娘》，人间的灰色调与地狱间丰富的色彩形成鲜明的对比，而整个影片的灰色又加重了讽刺意味。而在《小鸡快跑》中，创作者运用了暖色系列给人们带来了欢快的节奏。在《料理鼠王》中，创作者也运用了明快的色调，使整个影片充满了乐趣。影片中的这种色调都是相对的，它们可以根据动画片的场景、镜头需要进行调节变化，但所有变化都是围绕剧情展开，表达一个主题，形成统一。

第二节 //// 动画色彩创意配色的突破

一、主观色彩的把握

在动画片中，色彩如同一部交响乐，它和影片的主题思想，人物的情感、命运以及其他视听语言元素交融，形成其结构与节奏，以此展现它的视觉旋律。色彩在绘画中，与作品造型和构图有机结合，成为画面重要元素而构成绘画的色彩结构。在动画片中，又因为影片的故事在很大程度上是由画面（其中有角色、场景、音乐、色彩的语言）来"讲述"，因而决定了色彩必须进入动画影片结构之中，并形成影片的视觉节奏，表现出银幕色彩特有的魅力。在某种程度上，色彩的冷暖、强弱、明暗等必须同影片结构的起承转合、情节发展的跌宕起伏、人物情绪的高亢与压抑产生一致的联系，从而使影片从色彩的角度产生一定的结构和节奏，与

影片的主题、内容、风格、类型等相互统一。在动画片的创作中，运用不同的色彩处理方式会影响到影片的风格，并决定影片的剧作结构，这需要动画创作者具备敏锐的色彩思维感受和悟性。

在影片中，主观色彩不一定要符合真实的环境，有时可以根据作品的主题或者是人物造型、角色的心理感受以及创作者的内心感受，用一种脱离常规的色彩基调去创造一种非现实的色调倾向。

1.场景主观色彩

动画片《僵尸新娘》中，人类居住的地方，死气沉沉，循规蹈矩，势利贪婪，冷漠自私，他们善于探听别人的隐私，乐于散播各种恶意的新闻，甚至为了欲望可以用儿女的幸福来交换。维克多这个孤独瘦骨伶仃的年轻人，胆怯忧郁，父母为了满足能够顺利进入贵族社交圈、提升社会地位的欲望，强制他必须与落魄贵族的女儿维多利亚结婚，他不

愿意却又无可奈何。而维多利亚和维克多同样是孤独的，作为父母的女儿，她只是用来换取金钱和利益的工具。

图5-11 《僵尸新娘》 人间与地狱的画面截图

　　影片在地狱的片段中，骷髅亡魂天天派对夜夜狂欢，永不停止的音乐和啤酒，所有的骷髅亡魂都充满幽默和人情味，他们丑陋不堪的外表和善良的心灵截然不同却又如此统一。这部风格怪异的影片塑造的人间非人间，地狱非地狱，人间的阴森和地狱的欢乐形成强烈的对比，荒诞和现实在这里一丝一丝地蔓延。

　　"人类的世界"和"地狱的世界"存在巨大的反差。如图5-11所示，人类的世界，创作者运用了大量的灰色，这是一种主观色彩的应用，与自然界的色彩截然相反，揭示人们如同行尸走肉，没有感情，没有生机，满脸阴郁，丧失了希望，一切事物都是死气沉沉的。反之"地狱的世界"却运用了大量的色彩，那些可爱的骷髅让观众感受到了温暖，这里的人们贪婪地享受着"活者"的喜悦。这种颜色的错位，直接让人嗅到了蒂姆·波顿对现实的讽刺。

2.剧中角色的主观色彩感受

　　影片中角色的主观色彩感受，在某种程度上直接传达给了观众。在影片当中，角色处在特殊的情境下，色彩发生突然的变化，而这种变化是来自人物内心的情感，是在梦境或者是在特定的情境下看到虚幻或幻想世界的异常色彩。

图5-12 《海立布》

　　动画片《海立布》，海立布搭救山神的女儿，在被带去见山神的路上，色彩是灰暗的色调，而在见到山神时，画面呈现出一片金色，这种金黄色在某种程度上说，是创作者的一种主观色调，在影片中象征着一种权威，强调山神法力的高深。如图5-12所示，这种主观色调是强调一种"视觉上的真实"，画面的主观色彩具有强烈的表现性。在影片中，这种暖色的应用不仅打破了低沉的画面，与森林里的冷灰色形成鲜明的对比，还加重了故事的色彩感情。这种角色的主观色彩感受，在电影中经常被创作者所运用，意在通过色彩的反差或者是其他的表现形式强调两个世界以及某一特定情境下的角色的思想感情。这是角色内心世界的反映，也是创作者的感受的再现。

二、主题色彩创设

动画片的色调包括场景色调、段落色调、主题色调，其中场景色调、段落色调都要围绕着故事的主题而展开。

影片的主题色调是指构成影片的总的色调或是影片色调的基调，服从于影片的基本情绪基调和整体的视觉形式风格，是在不同的场景、段落的联系与发展中形成的总的色调。影片的色彩基调是通过人物的情绪、造型风格、情节的节奏、气氛等表现出的一种情绪特征。

在影片中，色彩的基调受着时间与空间两个因素的制约，色彩的倾向根据影片的场次以及故事的发展作出相对应的变化，这种变化以场景色调、段落色调为基本单位。

影片的色彩基调尽管在整个影片中有统一的风格，但是随着剧情的变化，也可以形成前后明显的差别，这与不同的画面、场景、段落的对比是不同的。

在动画设计中，我们考虑色彩的主题，应该从下面几个方面去着手。

首先，考虑动画片是属于什么类型的。影片是属于神话类，还是武侠、益智、运动以及其他题材？并注意这些题材各自的特点，方便创作者快捷找到区别于其他题材的路径。

其次，考虑动画片的主题思想。可以说这是动画片的关键，主题立意的好与坏直接决定了作品的成功与失败。它是加深动画本身内涵的重中之重。

再次，考虑场景色调、段落色调、主题色调。色彩作为一种视觉语言，它直接参与影片与观众两者之间的互动活动，在传播的过程中充当一种特殊的介质。它能够引导和刺激观众心灵，加深观众对影片的理解。影片的主题色调是对影片立意最为直接的反映，从某种意义上说，它带有创作者的个人主观色彩倾向，因为在动画片中，大多的创作者都

喜欢借用这种主题色调来达到渲染影片的目的和效果。比如《九色鹿》，如图5-13所示，影片运用了传统的佛教色彩，加深了影片本身的内涵。皇后出没的地方运用了大量的冷色，从色彩的角度描述了皇后的冷漠，而九色鹿出没的地方，色彩相对偏暖，总会给人以温暖。创作者运用这种色彩的对比来达到创作的意图。影片中，不管是场景色调、段落色调，还是主题色调，都由角色、场景、色彩、动作、表情、音乐等众多的造型元素组成，但这些都是为了表达一个主题而存在的。创作者可以根据自己创作的需要或者是剧中情节的需要，对场景色调、段落色调进行设定和调整，但要记住的一点是，不管场景色调、段落色调怎么变化，它都应该形成一个主体的色彩，都必须与主题色调相互统一协调，否则，影片就会给人感觉非常紊乱无章、眼花缭乱。

图5-13 《九色鹿》

动画片是由无数个活动的画面组成的。一定数量的画面组成了一个场面，而一定的场面又形成一个段落，一定的段落形成整个影片。在一般的情况下，每一场戏都由之前的段落决定，并为影片的下一阶段做准备。无论它们怎么发展，每一场戏、每一个段落，乃至整个影片，都有开始、发展、高潮、结局这几个部分。当然，每一部影片的叙事结构不同，它的叙事顺序自然也有所不同，有的采取顺叙，有的采用插叙，又有的采用倒叙。正是因为有了这些形式，我们才可以根据剧情或者某一段落的需要，对影片中的部分色彩进行变化，加深情感、突出主题。

色彩无疑是一种极富表现力的艺术语言。绘画中，凡高认为色彩高于一切。科学分析表明：

首先，不同的色彩会引起人们生理上不同的反应。

其次，不同的色彩会给人们的心理及情绪带来不同的反应。科学家的归纳是：

红色：象征着生命、血、朝气蓬勃、爱情、暴力、革命……

黄色：象征着阳光、欢乐、温暖、享乐……

绿色：象征着生长、生命、青春……

紫色：象征着高贵、牺牲……

蓝色：象征着冷静、平和、纯洁、高雅、忧郁、浪漫……

当然，除了整个人类对色彩的共同的生理、心理的反应之外，不同的民族由于其文化传统的不同，对色彩可能也会有独到的反应。如中国人对黄色和红色有一种特有的情感，而在国内，这两种颜色又有着不一样的解释。

影片的色调调和，可以采用一种色调贯穿一个场景、段落甚至整个影片，这是一种最为简单最为常见的表现形式。同时我们也可以通过用邻近色、同类色、对比色、互补色在画面上形成一种统一的色调，也可以通过色调明暗来做调和或者是其他的调和方式来进行。

《再见萤火虫》 用蓝灰色的冷色调贯穿全片，突出了影片主题——忧伤。

《僵尸新娘》 在人间片段用了冷灰的色调与在地狱间华丽的色彩形成鲜明的对比，突出了故事的主题——揭示人性。

《小鸡快跑》 暖色调贯穿全片，揭示人们对生命对信念追求的执著。

《山水情》 清淡灰冷的色调抒发了中国的人文情怀。

《好男好女》 全片用一种冷色调诉说绝望这一主题。

在现实的创作中，我们可以根据作品的风格来设定其色彩，可以运用同一色彩贯穿整个影片，如《好男好女》的冷色调。我们也可以用某一种色彩做一线牵，如《大红灯笼高高挂》里的红色。我们也可以根据某一段落的主题需要设定一种色彩，这是根据这一特定场景的需要而设定的色调。我们也可以根据每一个镜头的需要设定一种主题色彩。

本章小结

本章介绍了商业插画、Flash动画、三维动画、网络游戏、影视动画的一些特征和一些色彩表现的特点；重点介绍了动画色彩的创意与配色突破，如何去把握主观色彩以及在影片中怎么创设主题色彩。无论是艺术片还是商业片，主观色彩和主题色彩的表现都是在所难免的，这些色彩的成功与否会直接影响到影片的成败，所以，动画色彩的创意与配色成了重中之重。

思考练习

1.怎样理解场景的主观色彩？

2.如何创立影片的主题色彩？

3.试分析动画片《哪吒闹海》的色彩应用。

第六章　优秀动画作品的色彩欣赏

第六章 优秀动画作品的色彩欣赏

学习目标：通过分析一些国家经典的影片，了解色彩在其中的作用与地位，引发学生对中国当前的动画市场的现状进行思考，使得学习的目的和学习动机更加明确。

教学要求：在对影片分析的过程中，大力启发学生思维创造与分析能力，全面提高学生的欣赏水平。简略介绍中国动画市场的现状，引起学生全面的思考，促进发散思维的发展，激发学生的创作兴趣。

第一节 //// 中国部分动画片的色彩欣赏

一、《三个和尚》

1977年以后，中国的动画片出现了第二个创作的高峰期，不仅数量增长迅速，而且题材等各方面都有了全面的创新，涌现出了较多的优秀动画作品。其中，上海美术电影制片厂的《三个和尚》，从中国家喻户晓的谚语"一个和尚挑水吃，两个和尚抬水吃，三个和尚没水吃"编出了一个富有哲理并颠覆原有结局的故事片。将这句人所共知的俗语进行形象化、艺术化加工，以期引起人们的警醒，从中得到启发。

故事发生在一个寺庙里，有一个小和尚，他每天独自一人挑水、念经、敲木鱼，给观音菩萨案桌上的净瓶添水，使干枯的柳枝起死回生，其乐无穷。不久，来了一个高和尚，小和尚让高和尚去挑水吃，高和尚嫌一个人挑水吃太吃亏，便要小和尚与他一起去抬水，而抬水的时候又斤斤计较，最后只好拿来尺子在扁担上量出尺寸，水桶必须放在扁担的中央，两人才心安理得，这样的日子总算安静下来。但没过多久，又来了个胖和尚，小和尚和高和尚让他自己去挑水，胖和尚挑来一担水，立刻独自喝光了。从此，三个人谁也不肯吃亏，谁也不愿意去挑水，结果三个和尚都没水喝，各念各的经，各敲各的木鱼，连观音菩萨净瓶的水都被小和尚喝光了，柳枝再次干枯。一天夜里来了一只老鼠，打翻了烛台，燃起了大火，三个和尚这才一起奋力救火，将大火扑灭，他们也觉醒了。从此三个和尚齐

心协力，用滑轮把水从山下的河里吊上庙来。

《三个和尚》的动画片，以最简单的故事、最简单的线条、最简单的形式，表达了一个完整的故事。剧中的人物形象鲜明，不仅使矛盾进一步地深化，而且推动着剧情的发展，使得故事的层次清晰，节奏强烈。在人物造型、动作设计、画面的构图、背景的设计上也体现了中国画和年画的特征，利用了国画的写意传神、虚实呼应，民间年画的散点透视的独特绘画方式。从色彩的角度上分析：

图6—1

1.形象夸张、装饰性强，人物性格对比鲜明

漫画家韩羽所设计的三个和尚的人物造型个性鲜明，利用夸张的手法描绘各自的特征。人物形象漫画化，五官、体形都用一种抽象的几何形体来表现，大块状的色彩更加突出了画面的装饰趣味，如图6—1所示。

小和尚上大下小的头型，加上腮帮的婴儿红，匀称的身材和小巧的身段相配合，配以红色的衣服，动作天真可爱，聪明伶俐，朝气蓬勃，给人的整体感觉就是积极向上的小机灵鬼。这种设计为跟随故事的情节发展留有一定的余地，红色和角色的

特征在某种程度上给予人们一种暗示。小和尚单独一人的时候，生活积极向上，每天打坐，挑水吃，生活其乐融融，一直到高和尚的出现，小和尚的性格有所转变。从某种程度上说，是受高和尚的影响，但这种变化无论怎么变，小和尚的天真可爱一直都存在。创作者运用老鼠钻进高和尚鞋子时小和尚一连串的动作表情，使得故事的趣味幽默程度继续加大。

高和尚以蓝色的衣服出场，与小和尚的红色形成鲜明的对比，冷暖颜色的对比使得人物的性格更加突出。高和尚被设计成工于心计、好占便宜的成年人。身体瘦长、脸型较方，嘴巴紧紧闭合，并配以蓝色的衣服，在某种程度上运用了这种蓝色的冷调揭示高和尚冷淡、懒惰的性格。创作者运用了形象的手法对人物进行了夸张，如高和尚瘦长的身材，赶路懒洋洋的模样，以及在水这个问题上纠缠不清，最终拿出尺子才得以平静，从这些方面都突出了其懒惰、斤斤计较、小心眼儿的性格。

胖和尚以黄颜色的衣服出场，与前面的服饰颜色形成了更加鲜明的对比，这种黄色给予了胖和尚某种象征意义。他体型较胖，连脑袋也被设计成圆头圆脑，嘴唇肥厚，赶路的时候，大汗淋漓，浑身冒热气，脸部颜色也多次发生变化，一进寺庙，喝光了寺庙里的水，倒地就睡着了，这突出了胖和尚贪图享受和不拘小节的憨态。

三个和尚以三种不同的颜色出场，体现着三种不同的性格。创作者运用这种勾线填色的方式对角色进行了特定的设计。这种简单的原色、夸张的造型、勾线的形式，使得角色的中国味道更加浓厚。

2. 塑造气氛、营造空间、制造悬念

《三个和尚》的影片，从背景形式的角度上说，它有点类似中国画的写意手法。对于影片场景的环境设计并没有采用写实的手法，只是根据剧情的需要适当地添加了一些必要的东西。如小和尚和高和尚诵经的时候，背景添加了观音菩萨以及一些简单的设置，以佛教中特有的黄色布帘加以强调。又如胖和尚过小河的时候，加以水纹区别于陆地。这种空间上的塑造，简洁明了，颜

色对比鲜明，更加强化了影片的主题，如图6-2所示。

图6-2

色彩的魅力，在《三个和尚》的影片中被发挥得淋漓尽致，突显了剧情的同时，也娱乐了观众。如天气炎热，胖和尚赶路口渴，看见小河，一头扎进河水里，这时褐红的肤色逐渐地变成白色，通过这种写意、形象夸张的表现形式，强调了影片中的主线索——水的重要，如图6-3所示。色彩不仅在画面中起到视觉语言的表意效果，更加体现了影片的趣味感，活跃了画面的元素和观众的氛围。

图6-3

在影片的高潮部分，创作者运用颜色的变化制造悬念和幽默感，继续加强影片的趣味性。如图6-4所示，影片中乌云遮日，狂风闪电，三个和尚以为大雨将至，立刻把寺庙里装水的工具全部搬到外面，以等候所降的雨水当食用水饮用，结果事与愿违，乌云过后，烈日当空，仍然是没有水。再如老鼠将烛台打翻，画面浓烟弥漫，大面积的烟雾席卷寺内，使得剧情达到了一个高潮，利用颜色渲染了当时紧急的气氛，增加了一种未知感。

图6-4

总的来说，影片除了独有的中国造型风格、深含的寓意适合于大众群体，任何一个观众通过画面的动作、表情、音乐以及色彩的变化，都能看懂这部影片。创作者还充分地将佛教的色彩与现代风格紧密地结合，让情节与音乐节奏同步进行，使得这部喜剧式风格的影片，通过深层的提炼，更加精练，幽默趣味感更浓，教育意义更加深刻。

二、《山水情》

中国的动画是由丰富多彩的艺术风格以及众多的艺术形式构成，如皮影戏、剪纸、水墨等。其中，水墨动画在世界动画发展史上占有举足轻重的地位，以独特的艺术形式形成了"中国学派"的国际地位。水墨动画将中国的绘画方式和动画的技术完美地结合起来，创造了众多震撼国际影坛的作品，如《小蝌蚪找妈妈》《牧笛》《山水情》等。

1988年由上海美术电影制片厂制作的《山水情》，讲述一位老琴师在归途中晕倒于荒村野渡口，渔家少年将老人收留在自己的茅舍里休息调养，老人感到万分宽慰。翌日，老人病体康复，取出古琴，弹奏一曲，琴声将少年引到他的身边。渔家少年学艺心切，老人诲人不倦，两人结为师徒。秋去春来，少年琴艺大增，老人十分欣慰。但慰藉之余，思虑如何使弟子更上一层楼。一日，老人偶然看到雏鹰离开母鹰独自展翅翱翔的情景，豁然开朗。于是携少年驾舟而去，经大川而登高山，壮美的大自然，使少年为之神往。临别时，老琴师将心爱的古琴赠予他，然后独自走向山巅白云之间。少年遥望消失在茫茫山野中的恩师身影，顿时灵感涌起，盘坐在悬崖峭壁之上，手抚琴弦，弹奏着心中

之曲，倾吐着对人生的赞美，顿时悠扬的琴声旋绕在山川河流之间。这部动画片可谓中国水墨动画片的巅峰之作，其画面之精美已经远远超越故事内涵的哲理，把中国绘画的水墨技巧发挥到了极致！

这部动画极美地表现出了古典艺术那种旷远而寂寞的情怀。也许它未必最适合小朋友的审美，但是应该让小朋友从小就受到这样的艺术熏陶。尤其是那幕跪拜接琴的镜头，内心纯净而忧伤，把尊师重教的优良传统、古人含蓄而深远的情谊表达得淋漓尽致，潜移默化影响、震撼着每一个人的心灵。影片当中的浓墨淡彩，比比皆是的寓意，无不体现出中国人的审美情操。

《山水情》从色彩的角度去分析：

1. 是一部纯艺术的作品

《山水情》既具有民族的特色，又具有时代的气息；既传承了中国古典文化，又熏陶了人们的艺术情操，是一部难得的艺术佳作。它以水墨画的形式，寄寓现代人的情绪和意识。故事以抒情的手法展开，影片中没有大幅度的动作，动作都带有象征性、暗示性，如图6-5所示，指尖在琴弦上的跳动，两者眼间流露的眼神，树下的琴者，都非常微妙，寓意传神之处比比皆是。画面当中无处不在的动作、表情、音乐，给人带来了美的无尽享受和熏陶。

影片色调清淡，重在写意山水。充满意境的画面和古朴的音乐完美地结合在一起，让人完全沉醉在水墨制成的山水之间，心旷神怡，无不向往。水墨动画的拍摄技术在《山水情》摄制时，已经有了很大的提升。画面有明显的层次感，完全突破了单线平涂的单一感，无论影片中的景物是静止的还是运动的，都被完全地融入中国画的写意之中。影片当中没有任何的对白，只有浑厚的古琴声，伴随着笛声、水声、风声、鸟鸣声，抒情写意般地表达着师徒之间的深厚的情感，这种水墨渲染下的水光山色是人物情绪延伸的外化，画面含蓄、苍劲，在空灵的山水之间更加重了写意的笔墨，琴声与水墨山水的相融，使得影片深邃的人文情怀更具独特的魅力。

图6-5

2.色彩空间的塑造

（1）意境的塑造

《山水情》中，创作者运用独特的水墨处理手法，通过淡彩的渲染，以接近留白的形式，使得画面的空间层次清晰明了，物象在镜头的运动过程中若隐若现，画面的意境深邃而悠远。如图6-6所示，老琴师赠予渔童古琴，随后老琴师走向深山远水，渔童四处追寻，坐落于悬崖峭壁之上弹起古琴，这时画面时而清晰，时而朦胧；色彩时而厚重，时而淡雅。创作者充分地运用水墨的特性，使得云雾缠绕山峦，烟雾笼罩河水，景色深远，空旷迷离，塑造出一种特定的时空关系，表达了师徒之情，描写了人与山水之情，讲述了渔童追寻琴师与怀念往日之情，同时也表达了离别之情。简洁、苍劲的线条，若隐若现的物象，怀旧的琴声，淡雅的水墨色彩，塑造了一个意境深远的空间。

图6-6

（2）空间的塑造

《山水情》是一部典型的水墨动画，在角色、场景的塑造上不同于其他的动画，具有典型的国画写意风格。线条简洁、苍劲，色彩浓淡不一，根据场景的需要进行颜色的处理，画面空灵透气，意境横生。

如图6-7所示，左图运用了国画的丹青略加以色彩，画面在视觉上产生了一定程度的变化，不仅使

静山有色，远水淡出，而且天空、空气、山水在这淡彩中也一一被区分开来。同时，这种绘画与动画的形式美感愈加强烈，活跃了整个画面的气氛，缓解了观众的视觉疲劳。而图6-7的右图，浓淡不一的墨色加强了画面的空间感，远处飞动的小鸟都以墨色处理，使得这黑白的画面顿时产生了各种层次的变化。黑与白的对比，墨块大小的对比，飞鸟与静山的对比，云雾与山水的对比，无不一一被这种水墨淡彩表现得淋漓尽致。

图6-7

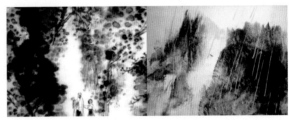

图6-8

（3）节奏的塑造

《山水情》这部电影，无论是剧情上还是音乐上，都具有明显的节奏感，色彩无处不在为这种节奏服务。墨色浓淡的变化将远山近水、近山远水、高空低谷一一表现出来。同时色彩的变化突出画面的这种跳跃感，抒发人与自然之间的感情，推广中国人的这种人文情怀。如图6-8左图所示，渔童与琴师游览河山之间，林中斑驳的树影，舞动的黄莺，跳跃的猿猴，突出自然的无形的乐章和无尽的乐趣。黄莺的黄色、猿猴的棕色无疑给这墨色增添了精彩的几笔，形成鲜明的对比，加快画面的节奏与韵律。如图6-8右图所示，白色的雨线与墨色的山峰形成了强烈的对比。线状的雨水与大块墨色的山峰，远处隐隐约约的山峦与天空，不仅形成了静与动的对比，打破了幽静的画面，而且还与渔童和琴

师离别之前的淡彩画面形成了对比，加重了剧中的离别之情。

（4）电影时空关系的塑造

在影片当中，创作者运用色彩成功地塑造了一连串的时空关系，并通过这种时空关系扩展剧情进一步地发展。在《山水情》里，如何把渔童学琴这个漫长的过程在影片里用短短的几分钟去表达，而且不加任何的解说词和旁白使观众明白，是时空关系处理的重中之重，片中只用短短几个场景就将这

一切展现给观众。

渔童开始学琴，红枫叶飘落于窗前，红色的枫叶成了一个具体的信号，夜晚的山竹和圆月是第二个具体的信号，而随之而来纷飞的大雪成了渔童学琴第三个计时信号，一直到最后的河水流淌，山竹长出竹笋，动物复苏，如图6-9所示。这一个四季的轮回，没有任何一句台词和旁白，镜头精简。创作者充分地运用了色彩与自然规律将这一时空关系表现得细致入微，成功地将故事带到下一情节。

图6-9

第二节 ///// 日本部分动画片的色彩欣赏

日本动画起源于20世纪50年代，其第一部作品是中国古典文学题材作品《白蛇传》，由日本东映动画株式会社于1956年制作，并于1958年公映，从此开创日本动画的历史。

随着动画资源的开发，日本很快成为美国动画片的加工厂。所幸的是，东映作为日本本土动画的旗帜，在社长大川博的带领下，吸纳一批优秀的青年漫画家，共同创造了日本原创动画的奇迹。这其中既包括《铁臂阿童木》之父——手冢治虫先生，也涵盖了高畑勋、宫崎骏、押井守等今天风靡全球的日本动画大师。

在这里，我们着重分析一下高畑勋的作品《再见萤火虫》、宫崎骏的作品《幽灵公主》，以及"后宫时代"新海诚的作品《星之声》。

一、《再见萤火虫》 高畑勋

在很多的参考文献中，《再见萤火虫》被归为宫崎骏的作品，其实《再见萤火虫》是吉卜力工作室的作品，宫崎骏是吉卜力的创始人之一，《再见萤火虫》的导演和编剧是高畑勋，他是吉卜力的另一个创始人。

《再见萤火虫》的故事发生在第二次世界大战中的日本。故事讲述了两兄妹——诚田和节子在战争中失去双亲，变成孤儿。他们在无可奈何的情况下，寄居在远房亲戚的屋檐下，但后来因为生活上的种种矛盾，与姨母无法相处，而自行搬到附近废弃的防空洞里生活，最终逃不过饥饿与疾病的折磨而相继死去。

《再见萤火虫》是一部反战的动画。它深切地反映了战争所带来的灾难——社会动荡不安、经

济衰退败坏、家庭支离破碎、百姓伤亡惨重，从侧面控诉了为求实现目标而不惜发动战争的统治者，还讽刺了在危难关头人性丑恶的一面。诚田的姨母就是典型的代表，她非但没有对诚田和节子投入关爱与同情，反而经常给他们脸色看，怨他们只懂得吃，不做事，活像窝囊废。直至诚田与节子要搬走时，姨母也没有加以挽留，仿佛是剔除了手里的一根倒刺。又如节子病危，诚田抱着节子去看医生，医生只是告诉诚田："她营养不良。"对于诚田的恳求置之不理，并让诚田速速带节子离开。诸如这般的例子，在影片中多处可见，可以说，诚田与节子的死应归因于人们的冷酷无情和见死不救。创作者不仅以剧情对影片进行深度的渲染，同时，还借萤火虫所带来的浪漫色彩突出夏天最悲哀的灵魂——最终导致诚田与节子的灵魂在燥热中挥发，梦和少年一起渐渐死去，加深了悲剧的色彩。

1.主题色调对剧情的渲染

"昭和20年9月21日，我死了。"影片以这么一句最简单的台词开始，紧接而来的是一片沉闷的深色调，如图6-10所示，整部影片完全沉浸在灰暗、悲凉的气氛中，静静地进行着。

《再见萤火虫》以一种灰暗的深色调贯穿整部影片，与悲剧的基调形成统一。影片色彩鲜艳饱和，对比强烈，画面唯美而忧郁，把兄妹俩在悲惨境地的遭遇以及点点滴滴的快乐渲染得淋漓尽致，那些细小快乐的因子，散布在影片的每个角落，更加衬托出战争的残酷。

在海边，兄妹俩尽情地释放快乐，妹妹银铃般的笑声穿透我们的耳膜，笑声是纯真的，但笑容背后却是深重的苦难。画面以深蓝的海、淡蓝的天空、厚重的白云等堆积，不仅优美而且忧郁，海水似乎冲淡所有的尘埃。但这种色彩在画面中并没有持续多久，诚田与节子再次回到姨母家，画面再次出现深暗的色调，刻画了在姨母家压抑的生活。一直到兄妹两个跑出姨母家的屋子，见到翩翩飞舞的萤火虫，带着星星点点的光芒，那迷幻的色彩，把人们带进简单唯美的世界，相信这也是看过此片的人印象深刻的一幕，我们仿佛也看到了兄妹俩纯真

清澈的童心被萤火虫的微光所照亮。片中的画面总是伴随着深色的色调展开，深色形成了整部影片的主题色，也更加突出了诚田与节子的悲惨人生，催人泪下。

图6-10

2.色彩的暗示

《再见萤火虫》中，虽然画面大部分的时间都是一种深色调，但创作者很成功地塑造了这部影片的节奏感，使本来压抑的色调变得更加唯美，更贴近主题。影片用于表现战争给人们带来的巨大痛苦和折磨，召唤真诚、善良以及永恒的和平主题的手法更是令人叹为观止。

夜色中，萤火虫到处飞翔的情景结合兄妹俩凄惨的处境，给人以无比凄美的感受与心灵震颤。萤火虫在黑夜散发出来的微弱的色彩，不仅打破了漆黑的夜晚所带来的恐惧，还成功地塑造了一幕幕唯美的夜景，色彩在其中形成了独有的韵律与节奏感。同时，忽明忽暗的萤火虫是兄妹俩一生中的重要伙伴，它们给节子提供了生活的乐趣，也给诚田的生活带来了更多的方便。萤火虫的一生只有一个夜晚，在美丽的夜里，它尽情地发光发热，展现自己的绚丽光华，然后在黑暗中悄然坠下，作者把这个自然规律和剧中幸福的生活被战争摧毁相结合，象征的手法巧妙地表现出了一切都是那么残酷，一切都是那么不近人情，在战争面前一切都是徒劳。作者就这样不折不扣地使热爱和平的主题镶入了每一位观众的心，引起了强烈的共鸣。在某种程度上，萤火虫的亮光就是兄妹俩生命的象征，生活的磨难使他们的生命承受巨大压力，他们的生命之光随时有可能泯灭。

在影片中，节子的人物设定非常可爱，但创作者却给节子硬硬地套上蓝色的衣服，使得节子与影

片其他人物的形象明显地区分开来。这种蓝色与节子的性格完全不同，在色彩的心理联想上，蓝色具有理性和忧郁的特点，而影片中这种蓝色的冷色调暗示着节子悲惨的生活状况。影片中诸如此类的色彩暗示随处可见，节子的母亲生前穿着的衣服——亮丽的色彩，与战争之后人们所穿的灰色调的衣服形成了鲜明的对比，这一色彩视觉上的变化也暗示着战争给人们生活带来的压力与灾难。

3.场景画面、镜头画面色彩的节奏感

《再见萤火虫》这部动画片，色调饱和，但又不失对比。故事以倒叙的方式进行。

开场——暗黄的橘色画面给人深深的压抑感，但萤火虫微弱的光芒与淡淡的色彩又给画面制造了一些浪漫的情调。

轰炸前——东西摆放整齐，小街道的房屋错落有序，色彩较为明亮。

轰炸中——房屋开始着火，白猫在屋顶上逃亡，浓烟滚滚。

轰炸后——画面一片狼藉，浓烟依旧，色彩深暗，饱和度高。

姨母家——略带紫灰的色调，虽然较为明亮，但这种色调所渲染出来的气氛仍然让人窒息。

看海——诚田与节子去看海这一系列镜头，与之前的画面色彩相比，有了较大的变化。但这深蓝的海水，淡蓝的天空，浓厚的白云，节子背上的伤口，仍然给人一种淡淡的忧伤。

野外的小屋——与姨母家的房子相比，只能借萤火虫来照亮，色调更加深暗。

医生家——紫灰的色调，比姨母家的紫灰色调略亮，整个画面色调偏冷。

节子的死——节子死了，诚田抱着节子，影片中出现了唯一的黑白色画面。

影片中，轰炸前、中、后的段落镜头形成了鲜明的对比，突出战争所带来的灾难；姨妈家、野外的窑洞、医生家的段落镜头颜色也形成鲜明的对比，突出了人情的冷漠；看海这一系列镜头与前后对比，画面清晰、明度对比大，色调偏冷，但这种冷色调加深了故事的忧伤感。正因为有这一系列段

落镜头色调的不断变化，整个影片的色彩在这种饱和度较高的情况下仍然形成了鲜明的对比，推动着剧情的发展。

图6-11

影片中色彩变化最快，节奏感最强，寓意最深的要算火化节子的场景，如图6-11所示。节子被火化的时候，地面上的青绿色与蓝色的天空形成了鲜明的对比，这些强而有力的冷色完全地包围住了节子火化的那堆柴火，画面虽然有火光，但给人感觉仍然非常冷。随着火化时间的增长，天空的蓝色慢慢变紫泛红，地面上的绿色略带黄色，使得地面上颜色偏冷，天空的颜色偏暖，突出了人间的冷漠，告慰节子的在天之灵得到超度，这是创作者的一种主观色调应用。火化结束的时候，天空再次变蓝，这次的蓝色更加深、更加沉，暗色调笼罩着整个画面，但飞舞的萤火虫点缀着这忧郁的蓝色，使得画面唯美而又忧伤。节子被火化的场景，前后画面的对比，正是创作者的主观色彩处理，不仅活跃着画面的节奏，同时也加深了剧情的寓意，揭示节子的灵魂如萤火虫般得到了自由，同时也表达了节子一段短暂的生命旅程。

影片中，创作者不断地利用这种色彩的对比，

加强画面的节奏感，推动着剧情不断地向前发展。作为1988年创作的作品，本片能如此运用色彩这种视觉语言作为渲染剧情的工具，已经算是一个非常成功的案例了。

二、《幽灵公主》宫崎骏

《幽灵公主》是一部在动画界有着史诗一样意义的动画作品，对比商业化的《千与千寻》，它主题更为宏大、意境更为深远、结构更为繁复、画风更为写意壮丽。由于一度被认为是患有手疾的宫崎骏的绝笔之作（宣布退出，后来又重新出山），因此其亦传递出他自《风之谷》以来，苦苦反思后对"人和自然之间的冲突"的彻底失望之情，寄托着他一贯流露出的悲天悯人的大情怀。

影片讲述古时遭受侵略而移居远方的虾夷族青年阿西达卡，为了拯救遭受危险的村人，右手被凶煞神诅咒，为了寻找解除诅咒的方法，阿西达卡决定离开亲人到西方去流浪。在旅行中他见到了一群由幻姬大人领导的贫穷人们。他们在麒麟兽的森林开采铁矿，并在森林中建立炼铁厂。然而，森林中的种种生物都视他们为敌，总是袭击人类。有着三百岁智慧的白狼神莫娜和被她养大的人类女孩"幽灵公主"桑更是时刻想杀死幻姬，毁灭人类的城市。阿西达卡既被桑的纯洁所深深地吸引，理解"幽灵公主"保护森林的心情，但同时又想帮助人类。在战斗的过程中，阿西达卡被麒麟兽所救，立场更加摇摆不定。以疙瘩和尚为首的一批人，受领主的命令前往原始森林杀麒麟兽，利用幻姬所掌控的力量与反攻人类的大批山猪作战。幻姬以火枪杀死麒麟兽，失去头颅的麒麟兽为了夺回自己的头，对森林造成了极大的破坏。阿西达卡与桑两人合力将麒麟兽的头颅从疙瘩和尚手里夺回，并还给了愤怒的麒麟兽，麒麟兽的灵魂这才安息，被破坏的大自然又恢复了正常。

《幽灵公主》的背景是日本中世纪的室町时代，描述人魔神三者之间的斗争。其剧本酝酿长达16年之久，胶片总数多达13万5000张，这可以说是史无前例的。荧光巨人、魔兽神等也运用了CG数码合成技术，片中不乏宫崎骏电影中鲜有的残酷血腥的镜头。虽然有着一系列视觉上的震撼，但主要的冲击还是来自精神上的。宫崎骏将"人"和"自然"视为永远不能相互妥协的两个极端，认为人必须破坏自然才能得到自身的生存。在影片中，阿西达卡为了协调两方和平共处，一度在人神之间周旋，但最终还是悲剧性的结局，人和神两败俱伤，阿西达卡与桑分道扬镳。不管人与自然相互共存的问题能否得到解决，作为人类首要的应该是生存下去。影片最后麒麟兽的死亡令万物得以重生，人们也得以重新开始新的生活，阿西达卡对桑说："我们要一齐活下去！"再次重申了全剧的主题。

色彩在整个影片中起着烘托的作用，使得这部影片更具日本风格。

1.角色造型上

本片在造型风格上充分地体现了日本的民俗，造型的设计继续延续着日本的卡通漫画的风格，魔神怪兽都拟人化处理，服饰也强化了民族的特征，同时融入了东方的色彩，使观众从视觉上形成了真实与幻影的冲击，突出了森林与人类的矛盾冲突，如图6-12所示。

阿西达卡：红色的头巾，深蓝的上衣，黄色的坐骑——亚克鹿。红色的激情与蓝色的理智在阿西达卡的身上表现得淋漓尽致，这种颜色的对比引发的冲突，更加突出他在人神魔之间的立场与矛盾。他不仅仅是人类的使者，也是神、自然与人类之间的信使。作为超脱了的将来状态的人，阿西达卡拯救了幻姬的罪恶，也解放了幽灵公主心中的诅咒，他领悟了森林之神的悲悯与智慧，把对生命真意的领悟传给桑，传给幻姬。

幽灵公主：白色的披风、上衣、头饰，与红色的头盔形成了鲜明的对比。白色提示了桑纯洁的心灵，而红色又暗示着内心的冲动。这种红与白的对比，从色彩的角度说明了桑坚决捍卫森林的态度以及与阿西达卡之间在思想上的矛盾冲突。

幻姬：造型表现上接近于浮世绘，是典型日本风格的表现手法。黑色的头巾加上红色的帽子配上紫色的披风，这种类似贵族的色调更加突出了幻姬的权威。她就像一支强心剂，让人们的心中充满希望。铁镇的内部支撑散发出一种由众多弱势力量团结一致而迸发出的巨大张力，而这种张力亦在暗中鼓动着人们的心。铁镇犹如一只自转的陀螺，向心力在不经意间被挤向高坡，也把幻姬的心志推向那危机重重的崖顶。

的一面，讽刺着人性某些肮脏的思想，这是一种主观色彩的运用，目的在于揭露某些阴谋而达到讽刺的效果。

角色色彩的设定，与剧情中的人物性格十分吻合，从侧面烘托着故事的延续。这种"日式卡通"漫画风格的表现手法与日本传统的绘画紧密地结合在一起，使得影片更具日本风味。

图6-12

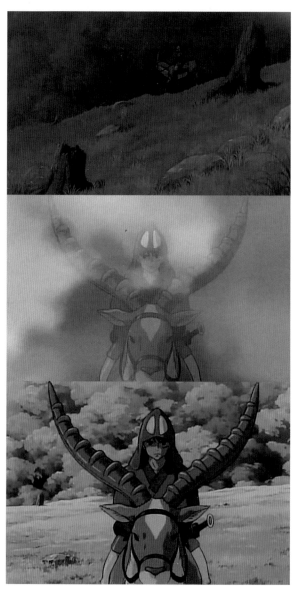

图6-13

麒麟兽：一种神的象征化身。角色造型都加以拟人化，麒麟兽身上的宗教色彩使得角色更加神化。

武士：森林中部分作战的士兵身着褐色披风假装成野猪的样子，这种灰色调更加提示了人性虚伪

2.场景造型上

在影片中，宫崎骏营造的原始神秘的世界，制

作精良程度不禁让人叹为观止。

　　在片头云雾缥缈的群山中，画面由天空推移向大地，一个充满神秘色彩的森林出现在观众眼前。色彩对比鲜明，如同置身于群山之中，随着画面的移动、光线的变化，进入故事情节，如图6-13所示。

着森林的深不可测，是一种未知的现象，将人带入了一个幻境的具象世界。

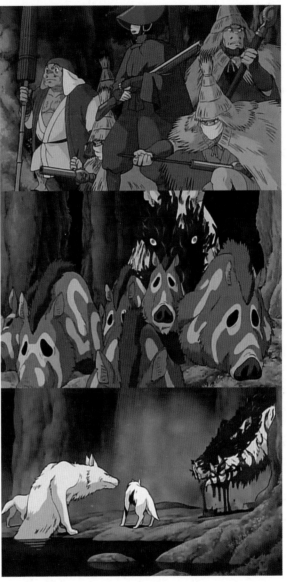

图6-15

图6-14

　　作为影片中最重要的场景——森林，如图6-14所示，被创作者描绘成了一种非常幽深而又神秘的色彩。场景镜头左右、上下不停地转换视角，参天的大树遮挡着外界的光线，直到麒麟神兽在圣坛出现，光线才从上而下，色彩斑斓。这一切都在强调

　　当然，即使在这幽深而又充满未知的森林里，画面一样具有跳跃的节奏感。人类的入侵，打破了森林原来的安静。如图6-15所示，士兵身上的红盔甲、黄色披风与森林里的深绿色使得画面动荡不安；伪装成野猪的士兵与暗色的森林，色彩形成了鲜明的对比，更进一步地打乱了森林里统一的色调；白狼纯洁的白色与女施主被魔化的灵魂和被燃烧着的血液……这一系列的色彩变化，不仅使画面

的色彩具有节奏感，而且突出对比，强化故事情节的起伏跌宕。

方式，不仅给观众的视觉形成了强而有力的冲击，而且加重了剧情的深化，使影片的主题更加清晰明了。

《幽灵公主》的影片中，唯美的画面随处可见。尤其是战争之后，麒麟神兽死亡，大地复苏，画面如纸般的干净、空旷、透气，处处孕育着新的生命，人类得到了暂时的安定，如图6-17所示。

图6-16

图6-17

红色作为一种视觉语言，本身就具有不安定的因素。也正是这种不安定的因素，在《幽灵公主》中随处可见的战士身上得以体现。血是红色的，爆炸也是红色的，没有伪装的战士身上也是穿着红色并带着红色的道具，这一系列红色给幽静的森林带来了极大的破坏，形成了一种活跃镜头画面的表现

在影片中，创作者不断地运用颜色进行对比，打破画面的安宁，产生不稳定的因子，而又通过不同层次的色调变化，使色彩丰富多样，紧紧跟随着

剧情的发展。战争中的红色与复苏后的绿色把人从这种红色带来的压迫感带入一个和谐的绿色色调中，同时也发人深省，这一系列的视觉冲击带来的震撼，由剧情、色彩、音响延伸到人的精神世界。

图6—18

三、《星之声》 星海诚

提到当前的日本动画，不得不提到被称为"后宫时期"的大师级人物——星海诚。个性鲜明而不张扬的创作理念与深厚的创作实力，使得新海氏的动画风格性格彰显，却又平和亲近。看似平凡琐碎的场景物件设定，却处处透着作者巧妙的安排，光线的大量运用更是在画面的和谐中平添了几分灵气。

在星海诚的作品中，光与色的应用几近完美。对于其光和色的运用和理解，几乎是所有动画工作者都必须深入学习的内容。

《星之声》里营造的环境淡泊、恬静。小巧的房屋，飘零的飞雪，带着"叮叮当当"的火车灯，蓝得舒服自然的天空，温暖的夕阳，似乎都为了和残酷的战争作个对比似的，人们总是在有意无意地渲染这种近似祥和隽永的氛围之后，再让它瞬间崩溃。《星之声》的CG画面用华丽来形容一点都不过分，但这种华丽并非被刻意的矫揉造作所充斥，而是充满了平凡真切的人情味。新海诚非常善于在动画中表现生活中普通而不起眼的对象场景，使画面亲切得令人有点不知所措。而对于天然景物的刻画更是细腻自然、美不胜收。

《星之声》里的冷色调，画面干净而又明亮，可以以假乱真，如图6—18所示。

说到色调的对比调和，影片画面随着光晕的变化，仍然是干净利落。色彩远近各异，物体层次着落各不相同，使得画面更加唯美，如图6—19所示。《星之声》是现代CG的典型代表作品，延续了新海诚擅用光与色塑造空间的特点。

暖色调的运用使得画面更加温馨，光和色的作用使得画面空间更加突出。暖色往往比较难拉开空间关系，但是在新海诚的作品中，如图6—20所示，我们可以随处见到这种色调，而空间层次又非常强，这都应该归功于他对色彩和光的理解和应用。

图6—19

图6—20

第三节 ///// 美国动画片的色彩欣赏

尽管就有关动画起源问题，美国与法国争执不休，但无可置疑的是：动画形成作品、形成规模、形成产业都是起源于美国。继迪斯尼创造了动画奇迹并形成其动画王国之后，数家大的电影公司都先后投身于动画，如时代华纳、米高梅、福克斯等。

一、《僵尸新娘》 华纳兄弟

影片一开始，主角维克多在画蝴蝶，然后释放了被困在玻璃杯中的蝴蝶，一脸欣喜地看着它恢复自由翩翩飞走，这似乎是对最后结局的隐喻。在19世纪欧洲的一个村庄，家里是暴发户的维克多，按照父母的指示与没落贵族的女儿维多利亚结婚，维克多的父母看中维多利亚家的贵族身份，而维多利亚的父母则是希望靠女儿来取得钱财。这两家人都有各自的盘算，维克多和维多利亚就像是任人摆布的木偶，只是木偶没有感情。维克多因为害羞搞砸了婚礼前的彩排，他沮丧地行走在阴森的树林中，维克多对维多利亚还是心存好感的，所以他决定要做一次练习。于是，他单膝跪在地上，开玩笑似的把结婚戒指套在面前的一根树枝上，然后念祝词，还讲出了自己的新婚誓言。然而，这看似荒诞的一次练习，却引出了一连串奇怪的事情，那个树枝竟忽然间变成一根腐烂的手指，一个身披婚纱的女子破土而出，她自称是被谋杀的，更令人无法接受的是，她确定自己就是面前这个傻小子维克多的合法妻子。维克多哪见过这种架势，当下脑海里只剩下"逃跑"二字了。可是维克多还是被引进了另一个世界，逐渐地开始接受新娘爱米莉。当然，鬼新娘给了他不少的惊吓，也给了他人生的诸多感想和教益，他要面对两个要和自己结婚的姑娘，只是生死两界，这样的抉择，是痛苦的，亦是幸福的。

图6-21

在《僵尸新娘》的影片中，创作者借用了两种不同的色彩处理两种不同的空间，这既是一种色彩的对比，也是一种色彩的隐喻。正是因为两个不同空间色彩产生的强对比，使得影片的主题更加突出，让人回味无穷。

在影片的人间部分，色彩几乎都是一片灰暗的色调。维克多和维多利亚的家都被处理成一种冷灰色，连在教堂里第一次婚礼的预演，所有的场景和人物都几乎没有带任何的色彩，这似乎不太符合人的生活习惯，创作者运用了这一系的主观色彩，旨在暗示人性势利贪婪、冷漠自私，他们善于探听别人的隐私，乐于散播各种恶意的新闻，甚至为了欲望可以用儿女的幸福来交换的各种丑态，如图6-21所示。

影片的另一部分，在地狱的片段中，如图6-22所示，骷髅亡魂天天派对，夜夜狂欢，永不停止的

图6-22

音乐和啤酒，所有的骷髅亡魂都充满幽默和人情味，他们丑陋不堪的外表和善良的心灵截然不同却又如此统一。在色彩的应用上，创作者采用了与人间相反的彩调，使本来阴森的地狱并不是那么可怕，反而更具有温馨感和乐趣。"人类的世界"和"地狱的世界"产生巨大的色彩反差，这种颜色的错位强调了影片的主题，也直接体现了蒂姆·波顿对现实的讽刺。

乎人们的想象，却又妙趣横生。

在当今3D技术广为流行的时代，一部动画片的画面制作是否精良，是这部动画片能否取得成功的重要前提。皮克斯的水准，自然毋庸置疑。事实上，在整部影片当中，皮克斯确实也表现出了非同一般的王者风范。其影片构图、光影合成、自然风光、城市风景，无不栩栩如生，细腻逼真。

如图6-23所示，影片中的厨房让人拍手称快。在一般人的印象中，厨房大概是一个器具众多、走廊狭窄、喧嚣热闹，甚至是物品凌乱、生熟食品随意摆放的地方。但在本片中，创作者运用色彩和光线对厨房进行刻画，明亮的暖色调的厨房始终给人带来无尽的食欲，那些五颜六色、形状各异、功用不同、缤纷斑斓的食品原材料和精巧细致、色香俱全的成品，使得厨房更加高档与整洁。

图6-23

图6-24

二、《料理鼠王》　迪斯尼

《料理鼠王》这部影片，不同于日本的二维动画，也区别于中国的水墨动画。迪斯尼的动画影片充满着幽默和乐趣，它一改"人人喊打"的过街老鼠的印象，将老鼠和美味的食物放在一起，这样的组合出

宁静典雅的餐厅、饭店外的霓虹灯、物品丰富的食物储藏室等，都有厚重饱满的色彩还原。如创作者在评论家柯柏的办公场所给予了紫色调，而在餐厅里运用局部的灯，使得画面色调略微倾向于紫，塑造了一个高雅的餐厅，同时给两个不同的地方增加了一种神秘的色彩，如图6-24所示。

在影片中,这种暗色调、饱和度较高的画面随处可见,正因为有这些饱和度高的暗色调,无论它的倾向是偏冷还是偏暖,都可以与河道旁黄色的梧桐树、白天巴黎明媚柔和的阳光、傍晚巴黎的晚霞、华丽的巴黎夜景、宁静典雅的餐厅、饭店外的霓虹灯、物品丰富的食物储藏室以及色彩明快的厨房,形成鲜明的对比,使得影片在段落与段落、不同的场景中形成各种对比。如图6-25所示,这种色彩与光线塑造的画面,简直令人惊叹。

图6-25

三、《功夫熊猫》 梦工厂

电影《功夫熊猫》在中国上映以来,取得了非常好的票房成绩。"功夫"和"熊猫"这两个可以说是非常有中国特色的词语,除了影片里的"功夫"和"熊猫"所形成的动作,还有那些无声无息的场景——中国古典建筑,它们润物细无声地给予观看者最真切的中国感受和优雅的文化气息,这足以体现创作者对中国文化和中国元素挖掘的深度。

图6-26

《功夫熊猫》这部影片中,中国元素随处可见,角色选择也清晰地说明了这点。虽情节有些老套,但又富含新意,电影的色彩很具有中国味道,在一些场景的渲染中,处处体现着中国人最喜欢的颜色,如中国红、藏青、黄色、绿色等。

在电影中,电影的色调都加入不同程度的渲染。如图6-26所示,"翡翠宫"里的大选,场面热烈，色调偏暖，这有点类似于中国的舞龙舞狮的场面，画面活泼大气。而在练武的宫殿中，又将中国一贯使用的"金色龙纹"改成"绿色的龙纹"，形成对比，使这种颜色与古代的琉璃瓦又非常接近。

整部影片中，中国的古典建筑，东南的民居、古桥，古典的园林艺术，随处可见，中国的年画与国画的色彩和风格也若隐若现。

第四节 //// 世界CG插画家部分作品色彩欣赏

一、欧美奇幻插画名家Alan Lee作品

1991年出版的精装版《指环王》的插画，使阿兰·李一跃成为世界著名的托尔金插画家。

他的绘画并没有刻意去表现中世纪的人物和场景，自然地为读者设定了想象的氛围，催化了读者的想象。李的绘画风格明显区别于同时代的艺术家，对于一个未知的主题，他以饱满的激情汇集自由丰富的想象力，将画面表现得具体而又空灵，如图6-27所示。

图6-27 《指环王》CG插画

二、Luis Royo作品

Luis Royo，1954年出生于西班牙。他学过绘图和设计，在20世纪70年代的时候，加入了数个设计工作室，同时亦发展自己的作品。从1983年开始，他和诺马编辑(Norma Editorial)建立了长期的合作关系，并且很快成为科幻和奇幻领域中少数重要的

插画家之一。其实，说起这位世界级的画家，国内的朋友都不应该陌生，中国最大的科幻杂志《科幻世界》的封面插图70%都是用的他的作品，而且盗版的《龙枪编年史》和《龙枪传奇》也都盗用了这位大师的图画。

现在路易斯的作品遍布世界各地，被许多著名出版社出版，如Tor，Berkley，Avon，Warner，Bantam，Zebra，NAL，Pocker Books，并出现在杂志上，如Heavy Metal，作品如图6-28所示。

图6-28

三、Darrell k．Sweet插画

达莱尔·K·斯维特（Darrell k．Sweet）是个美国人，他的作品以书籍封面为主，像另外一个著名的插图作家——迈克尔·维兰一样，达莱尔·K·斯维特主要也是为Del Rey books出版商工作。他的著名作品包括20世纪80年代为J.R.R.托尔金创作的年历。达莱尔也获得过许多科幻/幻想美术奖项或提名，比如Hugo奖，其部分作品如图6-29所示。

四、日本奇幻插画家KAGAYA作品

KAGAYA，世界著名的数字绘画家，1968年出生于日本，从小就对星座和天文学产生兴趣，16岁开始接触并喜欢上了计算机，20岁进入东京平面学校，毕业后开始尝试电脑绘画，并在1995年开始采

图6-29

用全新的数码相机进行电脑绘图，完成个人作品。1996年，KAGAYA的"黄道十二星座"，1999年的"天空探索"系列拼图游戏发布并热销日本至今。他曾获得"美国数字艺术比赛"冠军，"十二宫图"、"十二个希腊神话"等系列拼图一直畅销。

如果说画天上的星星是一种真实的现实的体现，那么他作品中图像艺术则充满着幻想和鼓舞，体现着他高度的现实主义和透明度，其部分作品如图6-30A、B所示。

图6-30A

图6-30B

五、中国著名CG插画家翁子扬作品

翁子扬，男，双鱼座，祖籍江苏常熟，武汉大学国际软件学院数字媒体系副教授，硕士生导师。代表作品有《镜花水月——数字艺术作品选集》《璃玻璃流——数字艺术作品选集》《粉墨》系列等。

翁子扬的作品摆脱了单一性文化传承的约束，在传统笔墨与数字艺术之间找到联系，拓展了中国画的墨彩和线描手段，在图像结构与符号组织方面引入了现代理念和人文观照，重视画面构成效果和形式因素，既有传统绘画格局，又有了现代空间感。在对整体把握的同时又刻意对局部细节精心雕刻，使作品张弛有致，特殊的肌理效果使画面别具一格，化平凡为神奇，其部分作品如图6-31所示。

图6-31

本章小结

通过分析中国、日本、美国的一些成功影片，了解其在色彩上的运用，突出成功的影片色彩作为一种视觉传达媒介起着不可忽略的作用，激发学生对动画色彩的探索与兴趣。

思考练习

1.在今后的动画创作中，如何寻找水墨动画的优势与影响？

2.如何将历史题材和时代步伐联系在一起？

3.试分析中国与世界发达国家动画水平之间的差距。

参考文献

[1] 王树薇.色彩学基础与银幕色彩.北京：中国电影出版社，1985.

[2] 张继渝.设计色彩.重庆：重庆大学出版社，2002.

[3] [英] E.H.贡布里希.艺术与错觉——图画再现的心理研究.杭州：浙江摄影出版社，1987.

[4] [美]鲁道夫·阿恩海姆.艺术与视知觉.滕守尧，朱疆源，译.成都：四川人民出版社，1998.

[5] 刘恩御.色彩科学与影视艺术.北京：北京广播学院出版社，2002.

[6] 金丹元.电影美学导论.上海：复旦大学出版社，2008.

[7] 梁明，李力.电影色彩学.北京：北京大学出版社，2008.

[8] 孙立军，张宇.世界动画艺术史.北京：海洋出版社，2007.

[9] 丁海祥，姚桂萍.动漫影视作品赏析.北京：清华大学出版社，2008.

[10] 周鲒.动画电影分析.广州：暨南大学出版社，2007.

[11] 郑向虹.动漫美术基础.北京：高等教育出版社，2007.

[12] [法]皮埃尔·贝托米厄.电影音乐赏析.杨围春，马琳，译.北京：文化艺术出版社，2005.

[13] [德]瓦尔特·本雅明.机械复制时代的艺术作品.王才勇，译.北京：中国城市出版社，2002.

[14] [美]H·G·布洛克.现代艺术哲学.滕守尧，译.成都：四川人民出版社，1998.

[15] 薛赐复.从三句话到一部动画片——三个和尚.北京：中国电影出版社，1983.

[16] [德]爱德华·福克斯.欧洲漫画史：1848—1900年.王泰智，沈慧珠，译.上海：上海人民出版社，2005.

[17] [德]格罗塞.艺术的起源.蔡慕晖，译.北京：商务印书馆，1984.

[18] [英]贡布里希.艺术与错觉.林夕，李本正，范景中，译.长沙：湖南科学技术出版社，1999.

[19] 黄玉珊，余为政.动画电影探索.台北：远流出版公司，1997.

[20] 梁江.美术概论新编.南宁：广西师范大学出版社，2005.

[21] 刘小林，钱博弘.动画概论.武汉：武汉理工大学出版社，2004.

[22] [美]詹姆斯·B·斯图尔特.迪斯尼战争.赵恒，译.北京：中信出版社，2006.

[23] 孙立军，马华.影视动画影片分析.北京：中国宇航出版社，2003.

[24] 王庸生.现代漫画概论.北京：海洋出版社，2005.

[25] 张慧临.二十世纪中国动画艺术史.西安：陕西人民美术出版社，2002.

[26] 彭玲.影视心理学.上海：上海交通大学出版社，2006.

[27] [美]斯蒂芬·潘泰克，理查德·罗斯.美国色彩基础教材.汤凯青，译.上海：上海人民美术出版社，2005.

[28] 薛峰，于朕.动漫色彩基础.上海：上海人民美术出版社，2007.

[29] 房晓溪.动漫游戏色彩基础.北京：机械工业出版社，2009.

[30] 萧冰，李雅.设计色彩.上海：上海人民美术出版社，2009.

[31] 薛峰.动漫基础色彩范例.上海：上海人民美术出版社，2007.

[32] 黄远，刘素平.色彩构成.天津：天津大学出版社，2009.

[33] [日]草野雄.日本漫画创作技法——色彩运用.陈方歌，汤锐，译.中国科学技术出版社， 2009.

[34] 陈伟.动漫色彩构成.北京：清华大学出版社，2007.

特别声明 >>

「 　本书所涉及的图形、画面、作品、影片的故事情节片段仅供教学分析、借鉴，本书所有的图形、画面、作品、影片的情节片段的著作权归属创作者及相关的企业所有，特此声明。 」